fHM
futami
HORROR
×
MYSTERY

ボギー
——怪異考察士の憶測

黒 史郎

Kuro Shiro

イラスト　mieze

デザイン　坂野公一（welle design）

contents

contents

【ボギー（Bogey）】

① 国籍不明機。敵機の可能性のある所属不明航空機。

② おばけのこと。

まえがき

お叱りを受ける覚悟で書くが、これは小説ではない。魅力的な人物も登場しなければ、スリリングな展開の用意もない。連続殺人事件も起きないし、異世界への転生も転移も起こらない。緻密なトリックや推理ロジックを期待されても困るし、恋愛要素は欠片（かけら）もないし、書いたこともない。予想を裏切る大どんでん返しも、手に汗握るクライマックスも、どこかに一石投じるテーマもない。全米を泣かせるつもりもなく、社会に訴える主張もなく、残念ながら感動的なラストへあなたを導く予定もないのである。

これからあなたが読むものは、物語ではなく、一個人のただの記録にすぎない。備忘録、覚え書き、手控え、メモランダム、呼び方にこだわりはないので簡素にメモでも充分だ。また、本稿は考察の場でもある。高尚なものは期待しないでいただきたい。体裁を気にせず、思いついたことを自由に書き散らしていく自由帳のようなものだ。飽きたら止めるし、気が向けば再開するという自分都合なスタンスである。きっと、独り言や愚痴も書く。

とはいえ、ぎりぎり、仕事になる文章を書こうとは思う。

プランはゼロだが、なにもないところから始めるわけではない。

まず、手元に《謎》がある――と少しミステリめいたにおいをさせておこう。

その《謎》とは、私が幼い時分に体験した「一時間」にある。もう三十年以上も前のことなので、遠く揺れる陽炎のような摑みどころのない記憶だ。詳細は後述するが、その記憶が孕む不可解な点を解いて顕在化し、積年の疑問を少しでも拭いとることができればと、これを書いている。


なぜ、小説家である私が小説という物語を書かず、このようなものを世に出すのか。

それは少しでも多くの情報がほしいから、これに尽きる。自分一人では満足いく答えに到達できないだろうと判断した私は、それならばこれらの疑問を一人で抱え込むよりも、こうして読み物として多くの方に預け、集合知として、その知恵や知識を拝借できれば、私の抱える謎の解明になんらかの進展があるかもしれないと踏んだのだ。

包み隠さずに書くならば、私は作家という肩書を利用し、出版社、編集者、そして、読者であるあなたをも巻き込む形で、ひじょうに私的な目的でこれを書いているのである。

誤解なきように付記しておくが、これは小説ではないとしながらも、文芸作品として読める程度には、小説的な展開、設定、登場人物を、少しは意識して織り込みつつ書いてはみるつもりだ。そのほうが幾分か読みやすいものになると踏んでの判断だが、そのような判断はこの先、いくらでも覆すことになるかもしれない。

私は私の個人的な疑問を解消するため、あらゆる地域に伝わる怪談、奇談、珍談、民間に伝わる俗信、迷信——それに加え、体験者の存在する話を体験者および体験者と近しい方々から提供していただいた事例、また類似すると判断した事例などを、これから載録していく。つまり、本稿は文學の一形式としての純粋な「小説」ではないのかもしれないが、民間の出来事や話題を記録した稗史としての「小説」にはなるわけだ。

さて、このようなややこしい前置きを長々と書いてみたところで、読んでいる人にはなんのことやらだろう。無責任を承知で書くが、私にもわからない。これから自分が何を書こうとしているのか。この冒頭部を書いている時点では、一ページ先の展開も読めない。なにせプロットも作っていなければ、最後をどう締めくくるのかも考えていないのだから。どのような本になるのか。はたしてこれが本になるのか。あなたに読んでもらえているのかさえも、今の時点では想像すらできない。

仮に、あなたが今、ここを読んでいるものとして——。

これよりお読みいただく話、そしてそのなかに挿入された複数の事例は一部を除き、それぞれが独立した内容である。一読では話同士の繋がりはないかに見えるだろう。ただこうして一冊の本に纏め、そのなかで並べ、比べ、調べ、そこに私の私見、考察、そしてあなたの否定的・肯定的な視点や意見を、私が勝手に想像し、それを挿し込むことで、これまで気づかずに見過ごしてきたものの意外な繋がりに気づき、見えなかった絲が見えてくるかもしれない。形のなかったものの輪郭が浮き彫りになって見えてくることもあるのではないか。そこから一脈通じる何かを感じ取っていただき、この《他人事》を一つの読み物として、楽しんでいただければ幸甚である。

なお、内容にはセンシティブな問題に触れる部分もあるため、該当記事の地名、人物名、団体名の一部は仮名かアルファベット表記にしている。筆者自身も架空の筆名にしているが、それは単に書きにくいからそうしているだけであって、他意はない。

また、聴取・採集した話や私の手記と読める部分は、一部の表現に潤色・脚色・誇張表現を加えており、完全な虚偽もかなりあることをここに明記しておく。

二〇二一年五月　宿の一室にて　桐島霧

〔凡　例〕

（一）話者・情報提供者の氏名、一部の特定を避けたい地名は仮名を使用している。事例によっては仮名ではなく、アルファベット表記を用いている場合もあるが、それらの書き分けは、そのほうがそれらしく読めるのではという不堪ゆえの愚案によるものであり、違いに特段意味はない。

（二）誇張や脚色や虚偽もあるとしたが、本稿の八割は事実をもとにしている。しかしながら、この文言自体が、その誇張や脚色や虚偽によるものでないとも言い切れない点も付しておく。

（三）この凡例にあまり意味はない。このようなものをつけると、かっこがいいかとおもってつけた。

其の一　祟り

約半年。

それが私に残された時間らしい。

すなわち、余命である。

娯楽小説を書く作家として、このような重たい書き出しもどうかとは思ったが、本稿を起筆する最大の動機であり、また、これより記すすべての事柄に関わる可能性のある重要事項なので、あえてこのように憂鬱な冒頭にした。

私にはこの件以外にも二つの大きな悩みがある。

一つは、作家としての限界を感じていること。

足掛け十五年、ホラー一筋でやってきたが、いよいよもって、こわいものを書けなくなった。作品の主要素である『現実では起こりえない恐怖』を書くための想像力が枯渇してしまったのである。

ここ数年、何を書いてもどこかで見た〝類似品〟になる。「もうホラーもやり尽くされたのだ」と自分自身に言いわけをするが、書店で若手作家の新刊を手に取り、その斬新なアイデアに打ちのめされるたび、やり尽くされたのではない、私が尽き果てたのだ、私の脳からはもう、このように煌めく発想が生み出されることはないのだと現実を突きつけられる。

もう一つは、祟りだ。

今現在、私は祟られており、ひじょうに困ったことになっている。身に覚えのない報いにより、私の寿命は大幅に削られてしまった。それが先に記した余命の件である。

そうなった経緯を語るには、私の身に起きているあまりにも不可解極まる現実を知っていただく必要がある。まずは次の地方雑誌の記事を読んで頂きたい。

祟りはあるか

辰巳信三

昭和五十九年八月十六日の午後八時頃、鹿島郡王町で、小学五年生の男子児童が自宅付近の路上で倒れているのを近隣住人に発見され、鹿島大学附属病院に救急搬送された。

ここではAくんとする。

Aくんに目立った外傷はなく、約三時間後に意識を取り戻したが、直後にパニック症状を引き起こした。手足を振りまわして暴れたので押さえつけようとしたが、小学生とは思えぬ力で激しく抵抗され、手足をベッドの手摺り（てすり）に縛りつけ、拘束せざるを得なかった。

　Aくんは頻り（しき）に「ひとだまさまを見た、たたられる、たたられる」と繰り返した。一旦、落ち着いても五分ごとに「ひとだまさま」の記憶を蘇（よみがえ）らせ、そのたびに恐慌状態に陥っていたが、様子を見ながらコミュニケーションをとり、軽食と温かいミルク、漫画雑誌などを与えると、Aくんは次第に落ち着きを取り戻していった。

　担当医師は、当日何があったのか、言葉を選んで慎重に質問したが、Aくんは記憶が混濁しており、自分がパニックに陥ったことさえも覚えておらず、質問には何も答えられなかった。

　翌日、断片的ではあるが搬送以前の記憶を蘇らせたAくんは、医師の質問に一言ずつ、自身の記憶を確かめるように口にしだした。しかし、その内容には矛盾がみられ、実際にAくんの身に起きたこととするには到底、現実味のない表現や意味不明の単語が多々出てきた。担当医師はそのすべてを記録し、解釈可能な部分のみで発言内容を再構成、Aくんの両親には次のように報告している。

《十六日、母親から同町内の知人宅に使いを頼まれたAくんは、午後七時に自宅を出ると、家の前を通る阿武瀬川（あぶせがわ）沿いの道を県道方面に向かって歩いた。大きな月が出ていたので、空を見上げながら一、二分ほど歩いていると、ぞくりと寒気を感じ、立ち止まった。川上のほうに、ぽつりと灯るオレンジ色の丸い光があることに気づいた。

なんだろうとそれを見つめていると、オレンジ色の丸い光が自分に向かってゆっくりと近づいてきた。十メートルほど接近してくると、それが「ひとだまさま」だとわかり、あまりの怖さに腰が抜けてしまい、その場に座り込んだ。「このままではたたられる」、そう恐れたAくんは、それを見ないように目を閉じた。Aくんは、それが自分の頭上に移動したのがわかった。すると、のぼせたように顔が熱くなって、鼻の奥で金属的なにおいが満ちていった。頭の中で何かが暴れているような激しい頭痛に襲われ、自分の魂が体から引き抜かれるような恐ろしい感覚に見舞われた。その後の記憶はなく、気がつくと病院のベッドの上だった。Aくんが家を出て、倒れているところを発見されるまで、約一時間の空白がある。》

医療記録に超自然的な単語が登場するのは、珍しい事ではないだろうか。

かつてドイツの医学界の重鎮には、オカルトの中にこそ医科学の秘密のすべてがあると明言している者もある。とはいえ、医学的見地から実在すると明言するわけにもいかない。Aくんの担当医師も、彼が目撃したものは「ひとだま」ではないとし、バイクのライトなどの強い光を急激に受けたことにより、反射的な拒絶反応を起こしたのだろうとの判断にとどめた。だが、はたして、ただのライトの記憶を想起しただけで、そこまでの恐慌状態に陥るものだろうか。Aくんは、いったい何を見たのだろうか。

※

お読みいただいているのは、石川県鹿島郡王町と金円町の二町が平成二年七月十五日に発行した地域情報誌『さーくる』に掲載された「噂のシンゾー　第四回・夏の超特大企画」の記事の前半部分である。一読しておわかりだと思うが、タウン誌に載る記事にしては少々、ボリュームがあり、筆致が重くシリアスすぎる。それもそのはず、この記事を書いた辰巳信三は、昭和のオカルトブームを築き上げた大地書房、その伝説のレーベル「神秘文庫」を立ち上げたルポライター・飯島ノイズの別の筆名なのである。

秘境に伝わる幻の怪物、人類滅亡をうたう陰謀論、宇宙より到来した神秘的種族。現実では起こりえない、真実とは思えない、どんな荒唐無稽な題材でも彼の筆にかかれば、リアリティと緊張感を帯びた記事となる。彼は「実話」にこだわる書き手であり、博覧強記ぶりと入念に重ねた取材に基づく検証考察は、同ジャンルのみならず、様々なジャンルの書き手たちの手本となっている。

この記事でも彼は、Aくんの目撃した「ひとだまさま」の正体に迫ろうと調査している。

※

じつはこの地域には、Aくんの事件が起こった要因と考えられる、ある言い伝えがある。

《ひとだまさまに憑かれると、たたりで死ぬ》

明治期より、金丸町（現在は金円町）から深茂町までの広い範囲（南部地区を除く）で語られていた俗信で、「ひとだまさま」とは鹿島郡の広い範囲で使われていた、「ひとだま」と一般的に称される霊魂の呼称の一例である。

調べた限りでは、昭和三十四年発行『鹿島郡誌（2）民俗編』に収録された、昭和三十一年三月に金丸町在住の七十代女性から聞き取りされたものが「ひとだまさま」が登場するもっとも近代の採録である。このような「ひとだま」に「さま」「さん」などの敬称がつく例は全国的に稀だが、幾例かは確認している。多くは呼び名のバリエーションの一つに過ぎないが、なかには地域伝承と紐づいたものや、廃仏毀釈により崇拝対象を失った人々が独自に生み出したものもあった。

『ひとだまさまにァ、ぜってェ会っちゃなんねヨ。ただられで、不幸もらうでよ。夜ァ歩ぐもんじゃね』

これは、昭和二十九年に編集された菅武里村（平成元年に鹿島郡に編入合併されて村名は消失）の民俗調査報告書にあった、七十九歳女性の言葉である。彼女は子供の頃、このように祖父や父親から聞かされ、その年齢になるまで「ひとだまさま」への畏れを欠くことはなかったという。それは、この俗信が子供を脅かすためだけに生みだされた不合理な迷信ではなく、成人者の間でも信憑性を帯びた言い習わしとして、この地域とその周辺に根強く分布していたからだろう。

文献上の記録を見ると、「ひとだまさま」にまつわる俗信の口承は昭和三十年代に一旦途絶えているが、昭和五十年代にAくんの祖母を介して復活することになる。

Aくんは祖母から、「ひとだまさまに会わないよう、寄り道をせずに帰ってこい」と毎日、口酸っぱくいわれていたのである。祖母は教育的な使い方をしたつもりだろうが、Aくんには怪談的な作用を及ぼし、恐怖を根付けてしまったに違いない。

Aくんの倒れていたという現場付近を歩いてみた。阿武瀬川を挟む道は両岸とも未舗装で、人の通る幅だけを除草されている。両岸の道をさらに挟んで背の高い杉が壁のように連なって生えているため、駅方面から県道方面へと通じる長い一本道になっていた。この川沿いの道から一本横に外れると自動車も通るアスファルトの道路があるが、その道からでは杉の壁が完全に遮断しているため、この川沿いの道の様子はまったくわからない。

昭和五十年代、都市開発を後回しにされていたこの地域は、まだ町明かりが少なかった。

民家もまばらで、当時は夏とはいえ七時を過ぎれば外も暗く静かであったろう。

子供でなくとも暗さには恐怖心や心細い気持ちが生まれるものだが、Aくんはさらに祖母から毎日のように聞かされていた「ひとだまさま」の話によって、すでに恐怖のイメージが刷り込まれていた。そのため、事件当時も過度な緊張状態にあったと思われる。また、その祖母が数日前に亡くなっていたこともあり、祖母の言葉がより強く、Aくんの精神に影響を及ぼしていたと考えられる。このような精神状態のなか、突然、何らかの発光物を目撃し、それを「ひとだまさま」だと思い込んで急激な恐慌状態に陥って過呼吸を併発、意識を失ったとみられる——と、ここで終わる話であれば、Aくんは二、三日で退院できる予定だった。

だが、そうはならなかった。

搬送されて三日後に行われた精密検査の結果、脳に腫瘍があることがわかったからだ。

「そんなバカな。ありえない」

自らが記したカルテとCT画像を交互に見つめ、担当医師は蒼ざめた顔でそう呟いたそうだ。

Aくんの身に起きた出来事は、脳にある腫瘍が引き起こした幻覚症状だと考えればなんら不思議はない。だが担当医師は「ありえない」と繰り返し、この事実をAくんの両親に震える声で、こう伝えたのだという。

「息子さんの頭の中には《幽霊》がいます。我々の業界で「あるはずのないもの」という意味です。いや、これはあってはいけないものです。あの日、息子さんは『ひとだまさま』を見た、そう訴えていました。医師として、そのようなものを信じるわけにはいきません。ですが、これではまるで本当に――」

担当医師は最後の言葉を飲み込んだ。おそらく、立場上、口にできなかったのだ。

祟り、と。

私は、この話を王町の道の駅で野菜を売っている六十代男性から聞いた。その男性は数年前に女性客から聞いていた。純粋な疑問なのだが、このような、関係者でもなければ知りえぬような詳細が、いったいどこから漏れたものか。Aくんが倒れていたという話が井戸端で語られていくうちに、オカルト的な根も葉もない尾ひれをくっつけられたのか。

退院後、Aくん一家はすぐに引っ越している。近隣の住人に聞いてまわったが誰も彼らの転居先を知らなかった。Aくんのクラスメートの家や当時の担任教師にも問い合わせたが、Aくんの名を出すと言葉数が少なくなり、適当な理由をつけて通話を切られた。

鹿島大学附属病院に取材を申し込むも、Aくんを担当した医師はすでに退職しており、その所在はわからないという。Aくんのカルテだけでも閲覧させてもらえないかとダメモトで頼んだが当然断られた。

こうしてすべての道を断たれた私は、後ろ髪引かれながらこの地を去った。多くの情報を得ることはできたが、惜しむらくは核心部分の欠落だ。担当医師からの質問に彼が返したという、矛盾のある言葉、現実味のない表現、意味不明な単語、それら断片的なAくんの記憶——そのほとんどが記録として残されていないことは残念だ。

昭和五十九年八月十六日の夜、Aくんの身に何があったのか。

そして、彼はその後、どのような結末を迎えたのか。

私はAくんの「空白の一時間」と、失われた断片の中にこそ真相が隠されていると信じて疑わない。

彼は、なにを見たのか。

「ひとだまさま」とはなにか。

はたして、祟りはあるのか。

※

この記事は事実に基づいて書かれてはいるが、筆者による曲解とみられる部分も少なくない。明らかに事実でないことも、あたかも事実のように書いている。だから、ここは概(おおむ)ね事実であるとしておく。

そのように断言できる根拠はいたってシンプルだ。

この記事の男子児童Aくんとは、私なのである。

記事に書かれていることは私が三十年以上前、実際に体験したことだ。その時のことがまさか、このような記事にされているとは思わなかった。しかも、あの辰巳信三によって。

昨年末、大掃除中に父の遺品が入った段ボール箱を整理していたら、掲載雑誌を見つけた。危うく、読まずに処分するところだったが、なにげなく開いたページが偶然にもこの記事だったのだ。おかげで、それまでうっすらとしか覚えていなかった昔のことを、少しずつ思いだせた。頭の中に腫瘍が見つかったことも事実。それが《幽霊》と呼ばれていたことも事実。担当医師の顔も忘れていたが、なんとなく思いだせた。

昭和五十九年八月十六日という日付も覚えていなかったので良かった。

この日、私は家の近くで倒れていたのは間違いない。それは病院で目覚めた時に教えてもらって知った。どうして倒れていたのか、それはまったく覚えていない。

記事には、私の話がどこから漏れたのかと疑問を呈していたが、たぶん、私だ。

子供の頃は、自身に突きつけられた現実が、そこまで深刻(シリアス)なものだとは知らなかった。子供はたいていそんなものだろう。医師や両親が「頭の中に悪い幽霊(おばけ)がいるんだよ」と表現したのは、お化けの本が大好きだった私への心遣いだと思っていたが、医療界の隠語だったようだ。その表現を気に入った私は大方、見舞いに来たクラスメートに「ぼくの頭にはオバケがいるんだぜ」などと自慢げに吹聴したに違いない。

どのような結末を迎えたのか――。

記事では、そう問いかけているが、せっかくの機会なので当事者が答えよう。

結末は、まだ来ていない。

この件はまだ、終結していない。《幽霊》は今も私の頭の中にいる。

私の頭の中を見た医師が蒼ざめてから数週間後。両親と医師とのあいだで《幽霊》を取り除かないということで意見が一致した。幸い、《幽霊》は安定した状態で、摘出に踏み込むほうが命を危険にさらすことになるので、見守りつつ共存させることが望ましいというのが当時の大人たちの下した判断であった。

その判断は正しかった。私の体にはなんら悪い影響は出ず、むしろ、同年代のどの子よりも健康で、食欲は人一倍あり、とにかくよく寝た。この期間に身長もかなり伸びた。

その後は、医療機器が充実し、最先端の脳神経外科治療を受けられる大学病院で診てもらうこととなり、私たち家族はそれを機に東京へ転居した。

《幽霊》の監視を引き継いだのは、小野寺という若い脳外科医であった。

つねに軽薄な薄笑みを浮かべているので好意的な印象はもてなかったが、後にそれは彼が幼少時に負った火傷の後遺症で、顔の一部の皮膚が引き攣れているためにそう見えるのだと知った。そんな重たげな過去も、彼は飄々とした態度で話す。彼の頭は口裂け女も裸足で逃げだすほど、ポマードをたっぷり塗りたくって黒光りしていたが、その頭も今ではすっかり白くなり、彼よりひと回り半年下の私の頭にも白いものが混じりだしている。まさか、この男とこれほどまで長い付き合いになるとは思わなかった。

小野寺は《幽霊》の呼び名は引き継がず、《不発弾》というふうに呼び方を変えた。

彼が非科学的表現を好まないという理由と、今の腫瘍の状態を明確に表すためだ。

腫瘍は脳の微細な溝を埋めるような状態で、幸いどこも圧迫しておらず、このまま眠っている状態ならば身体に影響が出ることはない。へたに刺激すれば中枢神経を破壊しかねないので、今後もメスを入れる必要はない。障らぬ爆弾に祟りなし、という理由からの改名である。彼は《不発弾》のまま私が天寿をまっとうすることも充分に可能だといった。

「腫瘍は自分を脳の一部だと思い込み、脳も腫瘍を自身の一部として認識しているのかもしれませんね。作家の才能は案外、ここから生み出されているのかもしれませんよ」

数十年来のつきあいだからこそ許される、失礼なドクター・ジョークである。それにも笑えるほど私は楽観していたのだが、先週に出た検査結果で一転した。

三十年以上沈黙していた《幽霊》、いや、《不発弾》が活動を再開したのだ。

それを私に告げる小野寺の顔は、別の意味で引き攣っていた。

医学的なことはまったくわからないが、彼の動揺ぶりから、よほどのあり得ぬことが起きていることはわかった。私も動揺した。小野寺は《不発弾》を今度は《時限爆弾》と、かなり物騒な呼び名に変更し、命のカウントダウンが始まったことを私に告げた。

そして小野寺は私を、底の見えない穽に突き落とした。ＭＲＩの写真を見せるという、簡単な方法で。頭の中の現状を私に見せることで。

以前は右半球にあった白い影は、サイズが倍ほどに膨らみ、中央寄りに移動していた。

「原発巣が移動するなんてありえない、正直、我が目を疑っていますよ。ここまで育っているのに、神経症状がないのも不思議ですが……いずれにしてもこのままでは、もって一年、いや、それは奇跡的に再び眠りについてくれた場合です。このまま脳が侵食されていけば、早ければ――」

と、これが余命半年の〝事情〟だ。

淡々と書いてはいるが、穏やかな心境であるはずがない。

四十を過ぎたあたりから、いつか来る死を意識するようにはなった。でもそれは、覚悟とかではない。老眼が進み、白髪が増え、老いを感じ、いよいよ人生の後半に差し掛かってきたことだし、いつ〝その日〟が来てもいいように心構えくらいはしておこうという程度のもので、まさかこんなにも早く、向こうから駆け足でやって来るとは考えもしなかった。

〝その日〟が来るのが震えるほど恐かった。実際、余命宣告から一週間、私は震えて泣く日々を送った。眠ることもできず、食事も喉を通らない。黄色い胃液ばかりを吐いた。

幸いといっていいのか両親はもういない。二十二年連れ添った猫も一昨年、小さなペット用の骨壺に納まった。結婚も、そういう関係になりたい相手も今はいない。残していくものがないという点では気楽だが、おとなしく真面目に逝くのもなにか癪だった。

これでも一応作家だ。

このまま、ただ終わるのは恰好がつかないのではないか。

虎は死して皮を留め、作家は死して作品を？　いや、それもどうなのだろう。自分の代表作をとか、最期の瞬間まで作家であり続けたいとか、そんな立派な使命感を私はこれっぽっちも持ち合わせていない。とはいえ、なにもせず、ただぼんやりと最期の時を待つには六カ月という時間は少々長い。

とりあえずパソコンに向かってみたが、まるでなにも浮かんでこなかった。真っ白な画面を前に私は一文字も打つことができぬまま、無駄に時間だけを浪費していった。デビュー当時は「ホラー界の旗手」などと過大な評価をされて調子に乗り、ホラー作家という肩書を名乗って業界に十年ちょっとぶら下がっていた私は、呪いや祟り、怨霊にゾンビ、理不尽な人間の狂気、ラヴクラフトのような宇宙的な恐怖など、『誰もが恐怖する作品』を物するために模索し続けてきた。

売れっ子とはいえないまでも、なんとか食える程度にはやれてはきたが、一作として自分が満足のいくものを世に送りだすことはできなかった。どうにも私の作品は説明的で、理屈っぽい。今書いているこれだってそうだ。

そして私は今、自分が迎える「死」以上の恐怖を想像できなくなっている。これはまずい。読者を怖がらせる作り手が、これまでさんざん作中で人を無意味に殺してきた作家が、自分という一人の人間が迎える死に腰が引け、指が震え、食事も喉を通らないなんて。

その混乱と怯えを作品へと昇華させることもできないとは。自分に迫る死をネタにするくらいの気概を見せずに、何が「ホラー界の旗手」か。せっかく、祟りという、あつらえ向きな設定までもらっているのに。

たたり。タタリ。祟り。

たった三音のものに私は殺されるわけだ。

私は祟られた。だから死ぬ？

「死因はなんですか」「祟りです」──なんだ、そのふざけた死因は。

なぜ今さら私の命を取りに来る。いらなかったわけではないのか、私の命は。興味がないから呑気に私の脳を枕にして三十年以上も寝ていたのだろうに。

祟りだなんて、そんな迷信ごと、この世にあるわけが──。

いや、あるのか。

『さーくる』の記事にも書かれていたではないか。

言葉にこそしなかったが──私の頭の中を見た担当医師、彼の脳裏をよぎったはずだ。

それから三十六年経った今、我が身に起きている現実を目の当たりにした私も、その言葉を真っ先に思い浮かべたではないか。

祟りという言葉を。

祟りとは、なんだ。神仏や怨霊に触れたものに降りかかる災いではなかったか。そんな迷信に属する概念が現実の肉体を侵食するなど、はたしてあり得るのか。

死ぬのは仕方がない。だが、覚悟ができたとは、やはり言えない。言えるものか。だが、都合の良い奇跡も期待はしない。救ってくれだなどと、無意味な願いを言うつもりもない。

私は今、ただ知りたいだけなのだ。

あえて、辰巳信三の言葉を用いて、あなたに問いたい。

祟りはあるのか。

其の二　神目

桐島霧先生

わたしは『ボギールーム』の管理人をしております、神目と申します。

貴重な体験談を「百奇考証」へご投稿いただき、まことにありがとうございました。

いつも先生の御作品を拝読しております。

あらゆる角度からのホラーを追求、挑戦し、我々読者を驚嘆させ、これまで読んだことのない斬新な恐怖の表現を次々と生み出される先生を、わたしは心から尊敬しております。

とくに受賞後第一作『ビースト病』の加速していくような絶望感は素晴らしく、これまで読んだホラー作品の中でも屈指の名作だとおもっております。もちろん、その他の作品も唯一無二の世界を持っており、もはやホラーという括りだけでは先生の作品を評価することはできないと感じております。次にどのような衝撃を我々読者に与えてくださるのか、次回作を今か今かと心待ちにしていた次第です。

それゆえ、先生の御身に起きていることを知り、今のわたしはただただ驚くばかりで、なんと申し上げてよいものやら、言葉が見つかりません。

微力ながら、わたしにできることがあれば、なんでもさせていただきたい、そうおもっております。


先生のお話の鍵となる「ひとだまさま」ですが、大変気になる存在です。

「ひとだま」という怪異に類する俗信は全国にありますが、大抵が民俗資料の俗信の項に、一、二行の説明が入っているだけで、ここまで広がりを見せるものは初めてです。

今より鹿島地方に分布する怪火・怪光、おもに「ひとだま」と呼ばれる超自然的発光体に類する俗信を調査します。祖母君のご生地のほうにも調査範囲を広げてみるつもりです。

それから、先生からのご質問への解答も承りました。

「祟りはあるのか」――ですね。

同様の質問を頂く事は多々あります。以前にもこのような問い合わせがございました。

「お地蔵様の首を壊した、祟りはあるのか」

「持ちだし禁止の神楽面をこっそり持ち帰った、祟りはあるのか」

「男子禁制の拝所に入って彼女と性行為をした、祟りはあるのか」

斯様な、聖域への侵害、冒瀆行為といった不敬を働いた方々には、祟りの在る無しにかかわらず、なんらかの応報があるものと考えます。その場合、当サイトも害を被る可能性もございますので、これらに該当するユーザーからの相談、問い合わせには基本、当サイトでは対応しておりません。

そうしますと後日、同じユーザーからこのような報告をいただくことがあります。

「首を痛めました」「顔が爛れました」「彼女が死にました」

「これって祟りですよね？」

その後に続くのは決まって、

「どうしたらいいですか？」「助けてください」「お祓いしてくれませんか」

投稿の動機が救済や解決のヒントを求める懇願へと変わるのです。もちろん、これにも対応いたしません。不敬であろうが不法であろうが、怪異の投稿は大変ありがたいのですが、解決してさしあげることはできないのです。

当サイトは毎日、数百件の投稿があるなかで、厳正な審査をして選り抜いた体験談のみを公開しております。ご報告いただいた怪異がどれだけ希少なケースで、どれだけ興味を引くものであっても、誰かが不快感を覚えるような内容のものは絶対に公開はいたしません。

また、神社仏閣、現在も影響力のある信仰や習わし、その対象となる神仏や人物、およびそれらに関わりがあると推察できる事象の考察において、当サイトの一方的な推論によりネガティブイメージを植え付ける考察結果が出てしまった場合、その一切を公開せず、投稿者にもお伝えしません。つまり、お蔵入りとします。どの地域の信仰や習俗にも少なからず、その土地が孕む暗部が絡むもの。それがどんなに非道徳的で差別的な悪習であっても、一方的な解釈で見せしめにするようなことは、当サイトの本意ではないからです。

先生の事案は、そのいずれのルールにも抵触するものではありません。伺ったお話しから推察するに、先生にはなんら祟りを被る落ち度はなかったと思えます。偶発的に起こった理不尽な災禍に見舞われた、少なくともわたしはそう受け取りました。

そして、なにより先生は、こう書いてくださいました。

ただ、知りたいだけなのだ、と。

これが事態解決を求めるような内容でしたら、たとえ敬愛する先生であったとしても、こうしてメッセージを差し上げることもありませんでした。当サイトは祟りを鎮めることも、呪いや悪霊の障りから守ることも、怪我や病を治療することもできません。

『ボギールーム』は、知っていただき、考えていただく、ただそれだけの場なのです。

長々と講釈を垂れてしまいましたが、投稿いただきました件、ぜひともご協力させていただきたく存じます。「ひとだまさま」なるものの正体、先生が見舞われた「祟り」の原因とメカニズム、その考察を承らせていただきます。先生がご自身の問題解決に迫る、その一助となれば幸甚です。

そこで少々お時間を頂くことはできますでしょうか。

緊切な先生のご事情も重々承知しております。

ですが、いえ、だからこそ、この件に関しては慎重に考察したいのです。

そして、もう一つお願いがございます。

差し支えなければ、先生のメールアドレスをお教えいただくことは可能でしょうか。

このようなSNSのメッセージサービスを利用するのはセキュリティ上の不安がありますので、今後は電子メールでやり取りをさせていただきたいのです。

何卒ご検討のほど宜しくお願いいたします。

※

これを読んだ私の指は震えていた。『ボギールーム』は二〇〇二年に立ち上げられた、不思議好きならだれもが通る総合オカルトウェブサイトである。とにかく情報量が膨大で、古今東西の不思議な事件や各地の怪異伝承、俗信、都市伝説まで、網羅蒐集(しゅうしゅう)した四十万項目にも及ぶデータベース「万魔苑(ばんまえん)」は圧巻。オカルト学講座、占術指南など専門知識を講ずるコンテンツも充実している。種探(ネタ)しに「ボギールーム」を訪れる作り手は数知れず、斯くいう私もその一人で、私の著作は少なからずこのサイトの情報から着想を得ている。

二十一カ国の言語にも対応しているので、世界中からアクセスがあり、その人気と信頼度は、国内外の数々の著名なクリエーターがインタビューで、尊敬する〝人物〟としてこのサイトの名を挙げるほど。立ち上げ当初からの熱烈なファンであり、そしてホラーに携わる者として、この伝説のサイトの管理者から直接連絡をもらい、あまつさえ自分の作品を読んでくれているという、この展開に震えないほうがおかしいではないか。

『ボギールーム』でもっともアクセス数を稼いでいるコンテンツは、おそらく「百奇考証」であろう。各地から寄せられた奇妙な体験談・不可解な事象（サイト内では「怪異」で統一されている）の調査依頼のなかから厳選、リライトして見事な読み物として公開し、それらの検証・考察をするユーザー参加型コンテンツだ。世界中の見識ある者たちが挑み、敗北を喫してきた謎にも臆することなく鋭い考察のメスで切り込んでいき、ネットに蔓延する数多の空説・邪説も絡めつつ導き放たれた新説は途轍もない説得力を漲らせる。

サイト管理者のプロフィールは非公開。SNS上ではその正体を巡って様々な説があがっている。情報収集力、取材力、プロファイリング力、データ管理能力、更新頻度の高さ、精妙な文章などから、管理者は一人ではなく、プロの物書き、本職の研究者、ウェブエンジニアによるグループであるというのが定説となっている。もはや作り手が〝不思議〟の一つとなっているのだ。

「百奇考証」はユーザーが一方的にネタを送るのみで、管理者とのやりとりはない。ネタの採用・不採用は投稿から一週間前後にアップされる更新リストでわかる。私も作家名そのままで投稿しているが二勝八敗。はじめのうちは作家名で投稿すればなんらかのアプローチがあるかもしれないと浅薄な考えがあったが、そう甘くはなかった。

しかし、今回は驚くべきことに、管理者からのメッセージ付きの採用通知が来た。投稿内容は管理者にしか見ることはできないので騙りの可能性はない。

人は誰しも承認欲求というものがある。だが、このサイトの管理者にはそれが見当たらない。映像化や書籍化を狙う大手企業からのラブコールにも応えることなく、膨大なテキストの海の底で、その〝素性〟を垣間見せることもなかった謎のサイト管理者（あるいはその一人）――そのような人物がなぜ、この私に突然、斯様なコンタクトをとってきたのか。

そうなのだ。私は「百奇考証」に自身の体験を投稿した。

「ひとだまさまの祟り」のこと。頭のなかの《時限爆弾》のこと。私に残された時間のこと。

私はホラー寄りの人間だが、オカルト信奉者ではない。だから、どのような検証結果がでても受け入れる。正真正銘、本物の祟りでも、科学的解釈ができる事象でも、一向にかまわない。どちらにしても「恐怖」を書けなくなった私に、この体験は手に余る。持て余しているのなら誰かに委ねようと考えた結果、『ボギールーム』が浮かんだのだ。

国内最大級のオカルトサイトの管理者は、私の身に起こった出来事を如何様に考察するのか。大変、愉しみではないか！

この喜びや感謝の言葉とともに私のアドレスを送った。

先方からのメールを待つあいだ、Aくん時代の私のことを少し書きだしておこう。

※

「いが。おめぇ、オラざ言うごど、しゃあんと聞げよ。どん暗(ぐれ)ぇお空、火ぃ飛んぢら、そら《ひとだまさま》がよ。亡者(モンジャ)の明がりだ、見だら隠(かぐ)れなぜ。せなば、亡者に見(め)っかっで祟られんがよぉ。オラざいうごと聞かねど、おめぇ、あの世ばもってかれっぢ」

外へ遊びにいくときは、玄関まで足音を忍ばせたものだった。全力疾走で玄関を飛びだそうともした。祖母につかまると、先のような高圧的ともとれる口調で釘(くぎ)を刺されるからだ。暗くなる前に帰って来い、おらの言うことを聞け、と。

私は道草をしたり、遅い時間まで遊んだりするような子供ではなかった。大人から言われたことには素直に従い、一度だって反発することもなかった。それでも毎日のように口煩(うるさ)く言われたのは、祖母がそれだけ《ひとだまさま》を恐れていたからに他ならない。

私には、祖母がそこまで恐れる理由がわからなかった。「ひとだま」というものの一般的なイメージを当時の私が知っていたかどうかは不明だが、アニメや漫画で見るオバケのオマケとして描かれる、あののっぺりとした「一般的なひとだま」のヴィジュアルから、そこまでかけ離れたものは想像していなかったはずだ。はっきりいって、こわいものではない。

見た目の話ではなく、それがどういう意味のもので、なにをするかが問題なのだろう。祖母の毎日の訓示のおかげで「ひとだま」が死んだ人の肉体から遊離する魂だという概念は理解していた。その存在を信じるようになったのも、祖母のおかげである。祖母は身をもって「魂」の存在を証明してくれたのだ。

その日のことを書き起こした過去の雑文を掲げておく。デビュー前の、まだ作家志望者であった私が自身のブログに書いた拙い文だ。

祖母の軽さに学んだこと

「起きて」と揺すり起こされた。眠い目をこすりながら母親の顔を見あげる。

礼服姿の母親の顔は薄化粧越しに疲れていた。

「そろそろだから、起きて顔を洗ってきなさい」

そう言われて八角尾長（はっかくおなが）の振子時計を見ると、まもなく零時になろうとしている。線香と簞笥（たんす）の樟脳（しょうのう）のような臭いが鼻をつき、「ああ、そうか」と思いだす。祖母が死んだことを。

祖母は父親の母親である。普段はそこまで口数は多くない人だったが、昔の話になると長くなる。とくにお化けの話になると、いつまでも喋っている。祖母が子供のころに住んでいた村では、目に見えない存在を敬い恐れていたらしい。例えば、幽霊、ひとだま、お化けといったもの。昔と言っても昭和である。車も電車も走って、テレビもファミコンもある私が生きている時代と同じ元号だ。そういう言い習わしが残っているのは、大変珍しいと思うのだが、祖母の村では日常的に会話に出てくるものなので、珍しくはなかったそうだ。

聞いたことのないようなお化けの話ばかり聞かされた。今聞けば興味深い話ばかりだったのだろうが、その頃の私は、お化けの話を孫への躾にいちいち絡めてくる祖母が煩わしくてたまらなかった。とくに「ひとだまさま」というお化けは祖母にとっては別格の存在らしく、この話になると機関銃のように尾小内（鹿島にある集落）訛りが放たれて止まらなくなる。

「おぉーい、みんな、来ぉ」

洗面所で顔を洗っているそばを、叔父や伯母たちのとすとすという足音が横切る。祖母の眠る奥の部屋へ向かっているのだ。そろそろ、祖母を火葬場へと運ぶ時間なのである。

火葬場は近くの山にあった。山と言っても正式な名を持たぬ、いってしまえばただの小高い丘で、住人は「大福山」と呼んでいた。きれいな円頂丘をびっしりと森の緑が覆い、遠目に見れば確かにカビが生えた大福餅に見える。そのてっぺんに火葬場はあった。

祖母の火葬は夜中に行われることになっていた。

今思えば不思議なのだが、その頃はそういうものだと思っていた。

祖母の眠る部屋へ行くと、すでに棺は黒い布で包まれていた。紫色の紐で複雑な結び方をされており、私にはそれが、祖母が棺から出てこないように封印しているように見えてならなかった。私は祖母が亡くなってから、祖母の顔を一度しか見ていなかった。

「それでは」という声で部屋の照明が消され、家中の照明すべてが消された。部屋の外の廊下で待機していた提灯の明かりがぼんやりと際立つ。提灯を持つのは伯母――父親の姉で、伯母の声を合図に父親、叔父、従兄の男衆が棺を囲い持ち、提灯持ちの伯母の声と明かりの導きで、棺はゆっくりと外へ運び出される。

霊柩車での移動ではなく、棺は人の手で火葬場まで運ばれる。

大人たちが交代で運んで、小さい子供や高齢者は後ろについて同行する。先頭は提灯で皆を誘導し、また葬列の両側では親戚たちが懐中電灯で足元を照らしていた。それでも視界が悪く、運んでいる大人たちは何度も足を躓かせていた。いくら交代しながらだとしても、人の入った箱を人力で運ぶなど大変だろうと見ていたが、大人たちはとくに疲れた表情も見せず、交代時に肩や首を軽くまわすくらいで重いという言葉はひと言も発しなかったので、たいしたものだと感心しながら見ていた。

火葬場に近くなると、「運んであげなさい」と親戚から背中を押され、従兄と替わった。

おもわず「えっ」と声をあげた。

祖母の棺があまりに軽かったのだ。複数人で運んでいるから重さが分散しているわけではない。私が軽く力を入れただけで、棺のバランスが崩れる。どうしてこんなに軽いのかと父親に聞くと、ここにはもう祖母がいないからなのだといわれた。

それを聞いた私は、そういうことかと納得した。

祖母はよく、夜になると外を「ひとだまさま」が飛ぶという話をした。

人が死ぬと身体から魂が抜け、あの世への道連れとするものを探すため、夜をさまようのだと。だから、空が暗くなってから外へは絶対に出るなと厳しくいわれていた。

私は、祖母の魂が抜け出たのだと思った。だから祖母はこんなに軽いのだと。

人の霊魂に重さがあることを、私は祖母の棺の軽さから学んだのである。

※

あの軽さを知ってから、私は「人には魂がある」と信じた。魂には重さがあり、それが抜け出てしまうと、あんなに軽くなってしまうのだと知ったのだ。

そして、祖母の葬儀の一週間後。私は自宅付近で倒れているところを発見される――と、ここに繋（つな）がるわけだ。

○4○

祖母の葬儀で起きたこと、私の身に起きたこと、この双方に因果関係はあるのだろうか。

——さっぱりわからない。例えば、祖母の魂が「ひとだまさま」となって、私に会いに来たとか——だめだ。どうやら本格的に、この手の発想力が衰えたらしい。ホラー作品の設定としてもイマイチ、いや、完全にボツだ。第一、祖母がなぜ孫を祟るのだ。

それに、ブログ記事のタイトルセンスのなさ。記事も最後までこれという盛り上がりもなく、淡々と説明的。作家志望なら、もう少し読み物として面白くできなかったのか。

私は着実に物書きとしての自信を失いつつあった。こうして過去の駄文を引っ張り出してきて、あまりの出来の悪さに呆れ果て、自虐的になっている。

実は、つい先ほどだが、今一度、小説を書いてみようとパソコンの前で構想を練ってみたのだ。あの『ボギールーム』の管理人が、あれほどまでに私の次回作を楽しみにしてくれていたのだ。その想いに応えたいという気持ちが私にやる気を起こさせたのである。

書くネタのあてがないわけではなかった。

私には、子供のころからか抱えている、源泉不明の恐怖のイメージがある。

《何かにつかまれて、とんでもなく高いところへと連れていかれる》、そんな心象風景だ。

これが、ひどく恐ろしい。そんなことを一度だって人からされたことはないのに、私は年に何度か、このイメージを想起し、発作を起こす。兆候は鼻の奥に生じる、鉄の臭い。

そして、手が震え、厭な汗をかき、頭が痛くなる。

夢で見ることもたびたびある。

寝ていると自分の意識だけが体から離れ、そのまま上昇していく。だんだん浮上する速度が上がっていき、衝き破らんばかりのいきおいで天井をすり抜け、大空に放り出される。

決まって満月の夜で、月の痘痕がはっきり見えるほどの高さまで引き上げられるのだ。そこには、私同様、空に連れてこられた人たちがたくさんいる。みんな死んでいて、見る見るうちに木乃伊みたいに萎んでいき、ぼとり、ぼとりと、地上に落ちていく。そうして、みんな落ちてしまって、私だけがとり残される。陰気な暗い月が見下ろす、暗い空の直中で、私は一人きりで凍てつく風に身を震わせ、割れるほど痛む頭を抱え、鉄の臭いを鼻腔の奥に感じながら、孤独と恐怖のなか、正気ではいられなくなって、大声で叫ぶ。

繰り返し夢に見るほど心に焼き付き、起床後も痛みや臭いの感覚がはっきりと残るほどの強烈なイメージなのに、それがどこからやってきたものなのか、わからないのだ。

できれば、そんな得体のしれないものには触れたくなかったが、憧れの存在からの思わぬ賞賛に舞い上がっていた私は、ついにそのイメージを題材に執筆する気になった。

その時は、面白いものが書けそうな気がしていたのだ。


一時間後。

デスクトップの画面は、まだ真っ白だった。

自分で言うのも情けないが、やはり私は作家に向いていない。

初めてそう気づいたのは、デビュー作に続く二作目を出した頃であった。

私は作家になる前は工場に勤務していた。三十歳の時に会社都合退職させられ、いい機会だとパソコンに向かって新人文学賞にだすための作品を書き始めた。気がつくと、退職金と失業手当は底を尽きていた。そうなるだいぶ前に新人賞を獲っている計算だったのだが、思えば私はクラスで一番、掛け算を覚えるのが遅かった。人生の計算などできるはずがなかったのだ。

ようやく危機感を覚えた私は鉄道警備員のバイトの面接に行った。その帰りに、新人文学賞の二次選考に残ったという連絡を編集部からもらった。私はまだデビューできると決まってもいないのに、その日のうちに警備会社に電話をかけ、面接をなかったことにしてもらった。

こんな不実な人間に夢など叶えさせるべきではないのだが、私は念願であった新人文学賞を受賞してしまう。そして私は作家一本で生きていく決意を固めてしまったのだ。

ホラーの王道的な作品でデビューをはたした私は、次は読者の予想をいい意味で大きく裏切りたいと考え、一読しただけでは理解不能な内容の作品を受賞後第一作目に書いた。

神目が絶賛してくれた『ビースト病』だ。二冊目でこうくるとは思わなかっただろ？　と、かっこをつけたかったのかもしれないが、変化球過ぎて、誰もキャッチしてくれなかった。売れなかった。デビュー作で喝采してくれた読者も、すぐに離れた。レビューではっきりと「期待外れの新人」と書かれた。次はないと思ったが、担当編集が次に繋がるような仕事をさせてくれて、その繋がりから何冊か本を出すことができた。

　作家一本で生活することは楽ではなかった。年に最低三冊は出さねば生活はできない。それでも苦しい。売れない本を書けば、次の本が出せないというプレッシャーに追いかけられる。その焦りが私から、物語を書く喜びと楽しさを奪っていく。すると、だんだん書けなくなってくる。だが、締め切りは容赦なく迫る。期日を遅らせた分だけ迷惑をかけ、編集者からの評価は下がっていき、次の話が来なくなる、いそがなければならない、けれど、良い物語が浮かばない――そんなことばかりを考えていたら、胃に穴があいた。

　私は、もっと時間にもお金にも気持ちにも余裕のある作家生活を想像していた。だが、現実は違った。それでも、作家という肩書にすがりつき、この業界から足を踏み外さないよう、必死に空白を文字で埋めていった。後から出てくる新人作家に追い越されることは別によかった。それよりも同時期にデビューした作家の本が話題になったり、映像化したりするほうが危機感にかられた。

　そんな私にはライバルがいる。同時期にデビューし、濃密な医療系ミステリーで多くのファンを獲得している覆面作家の眠無（ネム）である。同じ小説投稿サイトの出で、蘊蓄屋（うんちくや）で情報を詰め込みすぎるところや、くどい文体などが私の作品と似ている。そのため、読者から勝手に「二人はライバル」ということにされたのであるが、まずジャンルが違うし、売れ行きもファンの熱量も向こうが何倍も上だ。私と違って安定した刊行ペースも保っている。ライバルだなんておこがましいにも程がある。私は眠夢と比べられるたびに心が挫かれた。どんなに惨めでも、書かねばならなかった。作家であるため、生活のため。たまにもらえる文芸雑誌の短編やエッセイなどの仕事のおかげで騙しだまし、なんとか十年以上、作家でいられることができた。しかし、ここに来て私はさらに気づいてしまった。自分は元々、作家になりたかったわけではなかったことに。

私はただ、本が好きだったのだ。本を読むことが好きで、本に携わる仕事に憧れ、いつしか、自分は本を書く人間になるのだと思い込むようになっていた。

そして、その通りになってしまった。

なってしまった職業を続け、十数年。今、その歩みは完全に止まった。目の前に大きな壁が立ち塞がっている。きっと、ほとんどの作り手の前に現れるであろう壁が。

みな、この壁を乗り越えるなり、破壊するなり、穴をあけて通るなりして、向こう側へ行こうと頑張る。だが私はその壁に背をもたれ、座り込んで、壁の向こうへ行くことを諦めた。なぜなら、私には向こう側へ行ける能力も知恵も元気も、もうない。そもそも、壁の向こうは私の向かおうとしていた場所ではなかったのだから。

なら、別にもう止まったままでいいじゃないか。どうせ、半年後には強制終了される。もうなにも書けないというのならば、ちょうどいいタイミングではないか。

筆を擱(お)くには——。

※

桐島霧先生

早速ご返信をいただき、感謝いたします。

今後はこちらのアドレスから送らせていただきます。

先ほどは長文のメッセージを差し上げてしまい、大変失礼いたしました。さぞ、驚かれたことと思います。

『ボギールーム』の管理者が、このようにユーザーと個人的なやりとりをすることは本来ございません。ご連絡を差し上げましたのには理由がございます。

折り入って、先生にご相談させていただきたいことがあったからです。

単刀直入に申し上げます。

『ボギールーム』専属の《怪異考察士》になってはいただけませんでしょうか。

具体的になにをしていただきたいのかと申しますと、言葉通り、怪異の考察です。数多の文献を紐解き、各地を巡り、あらゆるネットワークを駆使して得た情報を用いて怪異を多方面から考察することで、その怪異の真の姿、および秘された意味を明らかにし、『ボギールーム』のデータベースに登録、保存していただくというものです。

考察対象は、怪異であればなんでも構いません。先生ご自身が関心を持たれた怪異でもよろしいですし、「百奇考証」に投稿された体験談、各地の俗信や伝説などからもお選びいただけます。考察テーマも自由です。怪異の実在理由。その正体。発現の切っ掛け。事象発生のメカニズム。名称由来。類似怪異の分布。何を吟味するかは先生にお任せいたします。

考察とは物事を明らかにするために調べ、考えることです。あらゆる角度、視点から見て、見逃してしまいそうな微細な暗示（ヒント）を見つけ出し、その真意を明らかにするための地道な掘削作業。目の前の石ころを見て、なぜそこにあるのか、なぜ、その形になったのか、なぜ、石ころと呼ばれるのか。そのような、普通ならば気にも留めず通り過ぎてしまうようなことに思考を巡らせることで、やっと辿（たど）り着ける真実もあります。

誤解なきように申しておきます。

『ボギールーム』は怪異を否定する目的で活動するサイトではありません。第一、それではあまりに興がない。

それに、たとえその幽霊の正体が枯れ尾花であったとして、それがなんだというのでしょう。むしろ、怪異の醍醐味は、そこにあるといっていいのではないでしょうか。

勘違いや思い込みが怪異として認識された、その理由に深い面白味があるのです。

先生のこれまでの当サイトへのご投稿、そしてこれまで世に送りだされた著作物のすべてを拝見し、先生には《怪異考察士》としての才が備わっているとお見受けいたしました。

しかしながら、先生は今、わたしなどには想像もつかない困難な状況におられます。

そのようななか、このような不躾なお願いをするのは、大変失礼なこととも存じております。

怪異考察には多大な時間と労力を費やすことになります。多くの文献に目を通さねばならず、現地へ赴いて取材をする必要性も出てくるかもしれません。資料代や取材費など必要な経費は全額こちらで負担することはもちろんのことですが、なにより、先生の貴重なお時間を頂いてしまうという、大きなご負担をおかけすることとなってしまいます。

そのうえ、申し上げづらいことに、もし先生が《怪異考察士》をお引き受けくださった場合、せっかくご投稿いただいた「ひとだまさま」と「祟りはあるか」の考察依頼ですが、わたしではなく、先生ご自身に受けていただきたくおもいます。

以上、少しでも不都合、ご不快と感じられましたら、どうかこのメールは破棄していただけますようお願い申し上げます。

その場合、ご投稿いただいた二件は、わたしのほうで引き続き調査・考察させていただきます。

ご検討の程、何卒よろしくお願いいたします。

其の三　ひとだま考

人魂のさ青なる君がただひとり逢へりし雨夜の葉非左し思ほゆ
（万葉集・十六・三八八九）

「ひとだま」とは――。
人の体から遊離する魂のことである。『広辞苑』で引くと、
【人魂】
① 夜間に空中を浮遊する青白い火の玉。古来、死人のからだから離れた魂といわれる。
② 流星の俗称。
ひじょうにわかりやすい「ひとだま」の説明である。実物を目にしたことがなくとも容

易にイメージできるのは、これを構成する要素、「夜」「浮遊」「青白い」「火の玉」で作り出された映像やイラストをどこかで見ているというのも大きいかもしれない。

ただ、各地の郷土誌から「ひとだま」を集めてみると、必ずしもこの説明が当てはまるわけではない。ここまでイメージは固まっておらず、多様な特徴を語られている怪異であることがわかるのだ。では、「魂（たましい）」を『広辞苑』で引いてみよう。

① 動物の肉体に宿って心のはたらきをつかさどると考えられるもの。古来多く肉体を離れても存在するとした。霊魂。精霊。たま。

魂は人間に限らず存在するとしている。すでにここで「ひとだま」をにおわせる記述がある点と、呼称に「たま」がある点は注目したい。

本稿を起筆する際に私の集めた「ひとだま」の資料は大きく分けて三つである。

① 古典の説話、随筆、歌集
② 民俗誌にある俗信・世間話
③ 民俗誌や怪談資料にある、詳細な目撃報告

「ひとだま」は、随筆、説話、歌集、史書、怪談集、民俗誌、民話伝説集、画集、浮世絵などで見つかる。どの地域の民俗誌からも一、二例は採集できるので、最低でも市町村の数だけ記録があると考えると、怪異のなかでも採集できる数は最多なのではないだろうか。

だが、確かに分布は全国規模であるといってもいいのだが、記録では特徴や名称が統一されているわけではない。「火」「怪火」「ヒカリモノ」など、厳密に分類すると「ひとだま」に入るか怪しいものもある。また、「ひとだま」とされながら、「ひとだま」の特徴から大きくはずれているものもある。「ひとだま」とは、いったいなんなのか。

※

「ひとだま」とは――か。我ながら、なかなか様になっているではないか。

幸いなことに、私の部屋には仕事の資料用に購入した民俗誌や、趣味で買い集めた怪談・奇談系の本が少しは揃っている。それらから得た、あり合わせの知識で埋めてみたが、最初の考察(しごと)としては悪くない出来だと思うのだが、どうだろうか。

つまりは、そういうことだ。

私はもう、ホラー作家ではない。一応、ここに名乗りをあげておく。

《怪異考察士　桐島霧(きりしまきり)》、と。

作家としての自信を喪失し、捨て鉢になっていた私に、あれ以上の誘い文句はない。

家中の本をかき集め、まわりに広げ、重たい書物のページを腱鞘炎になる勢いでめくり、文字と情報の千波万波に打たれながら戯れるこの数時間は至福以外の何ものでもなかった。先人が湛えた果てしない知の大海に飛び込み、その膨大な情報の中から一つの言葉を見つけ、その言葉に繋がる新たな言葉を求めて、また海に飛び込む。人が額に汗して働いている時間に私は「ひとだま」のことしか考えていなかった。その時間のなんと愉しいことか。こんなに充足した気持ちになれたのはいったい、いつぶりだろう。

そもそもなんなのだ、《怪異考察士》とは。

そんな大層な肩書きがなくとも、似たようなことは以前からやっていた。作品に出す土地や施設について調べだすと、執筆そっちのけで情報を集めたり、一度だけセリフに出てくる程度の神名について、その発祥まで辿って調べてみたり——正直、小説の執筆よりも、その時間の方が私は好きだった。しかも、その対象が一般的には役立つことのない、空理空論の域にあるとされるものであればあるほど、夢中になって調べた。

なるほど。怪異の考察は私の肌に合っている、ということなのだろう。

私が神目の誘いに乗ったのは、作家を辞める決心がついたからだけではない。

『ボギールーム』の管理者と繋がることで、その情報網を私も利用できると考えたのだ。頭の腫瘍が本物の祟りによる顕現だというのなら、オカルトの範疇だ。医学から匙を投げられたのなら、救ってくれるのはオカルトしかない。そして、現時点でその手の情報がもっとも多く集まるウェブサイトは『ボギールーム』。ここでなら、自分に課せられた災厄の《謎》を解くヒントを見つけられるかもしれない。解きあかすことは無理でも、解こうという意思に基づく行動を取りたい。

だって、そうだろう？　私は祟りなどという、到底理解できない、まったくもって納得のいかない理不尽な理由で死ぬことになるかもしれないのだ。ならば、理解をしたいし、納得もしたい。ちゃんと、自分が死ぬ理由を知って死にたい。そう考えるのは、そこまでおかしなことだろうか。

祟りはあるのか、だと。

あるのだろう。きっと。私の頭の中では、現役のベテラン脳外科医が、まるで化け物でも見たような顔をするほど、ありえないことが起きているのだ。しかも、『さーくる』の記事が事実ならば、私の頭の中を見て、そういう顔をした医師はもう一人いる。どうして最初の考察対象に「ひとだま」を選んだのかは言わずもがなだろう。

Aくんこと私は、「空白の一時間」に「ひとだまさま」なるものと遭遇しているらしいのだ。それが私に降りかかった災いの元凶なら、徹底的に調べ上げ、そのヴェールを剝ぎ取り、裸にしてやる。そして、あわよくば、この難局を乗り越えるヒントを摑（つか）みたい。

※

名称から見てみよう。

民俗資料では、「ひとだま」「ヒトダマ」「人魂」「人玉」などの表記が確認できる。民俗語彙ではカタカナ表記をよく見るが、これは聞き取りで音はわかるが、あてる漢字が不明の場合や、あてる漢字が複数確認された場合など理由は様々だ。一地域で複数の例が見つかった場合、それらを一つの表記に定めてしまうと呼称の分布に偏りが生じる恐れもある。

図説百科事典『和漢三才図会』では、「霊魂火」にひとだまとルビを振っており、葛飾北斎の墓に刻まれた辞世の句では「ひとだま」に「飛登魂」と洒落た漢字をあてている。

多用されるのは「人魂」だろう。この怪異を表す、もっともわかりやすい字並びだ。

そのほかに「人だま」「ヒト玉」のような漢字と仮名の組み合わせも見られた。「玉」は形からあてられたのだろうが、先の『広辞苑』の説明にも「魂」の呼称に「たま」があった。「玉」と「魂」は同源とされるので間違ってはいない。

今挙げたものはみな、表記に微妙な違いはあるが同じもの——つまり、遊離する「人の魂」のことを指しているという認識で違いはないだろう。

次に、形状を見ていく。

古い文献では、「玉に細長い尾のついたもの」が描かれている。記述では、頭が円く、平たく、杓子（しゃくし）の様に長い尾があるものとある。この尾は「緒（お）」であろう。「玉の緒」と呼ばれる魂と肉体を繋ぐ糸・紐状（ひもじょう）のもののことで、肉体を離れた魂が、この「緒」で肉体と繋がっており、それが切れると肉体との繋がりを失った魂は帰還場所を失って、その者は死んでしまうというのだ。これは漫画の表現などでもよく見られる。

ちなみに私は「ひとだま」の尾は、「ひとだま」本体が移動したときにできる光跡という考えである。尾の太さ長さは本体の移動速度によって変わってくるので、目撃記録にある尾の長さの違いは、それで説明できると考えている。

民俗資料に見られる「ひとだま」は、この「尾を引く光る玉」という形が多い印象だ。尾の長さは二、三十センチほどのものから二メートルとかなり長いものもある。尾が複数あったというケースもある。そのほか、鞠（まり）のように真ん丸、蛇のように細長い、レアケースだと人の顔を確認できるものもあった。

サイズはどうだろう。

直径四、五センチと小さいものから、直径二、三十センチ、二メートルほどのものも確認できたが、これらのサイズは近づいて物差しで測った数字ではなく、離れた場所からの目測による数字だ。目撃されるのはほぼ夜間、発光の強さによっても見える大きさは変わるだろうから、正確な数字というものはないといってもよい。

色についても青（もしくは、青白い）、赤、黄、橙、赤みがかった月の色など多数の記録があり、色を変化させながら移動するタイプもある。同じく『和漢三才図会』には「青白に微赤を帯びている」とある。この色の違いは性別の違いであると説く資料もあるが、三百ほどの事例を確認した限りでは、色が性別や年齢といった〝持ち主〟の情報を表しているという確たる証拠は見つからなかった。

次は行動だが、水平にゆっくりと飛ぶという目撃例をもっとも多く確認できた。行くべき場所があるのか、そこへ迷いなく真っすぐに向かっている印象である。

このような現象を目撃した者が、追跡してみたという話がある。途中でパッと消えるか、山などの険しいところに入り込んで見失うという場合が殆どで、これらは幸いであったと考えるべきだ。まっすぐどこかへ向かっている「ひとだま」を追いかければ、それは「霊魂の向かう場所」に辿り着いてしまうわけである。それがどこかはわからないが、生者にとって良い場所であろうはずがなく、興味本位の追跡は危険なので厳に慎むべきである。

逆に、「死人の出た家」や「近く不幸のある家」に「ひとだま」が入っていくという事例もあり、この場合、その家に死人が出たこと、あるいは、まもなく死人が出ることを知らせる「死の報せ」という怪異に属するものになる。

電話などの通信機器がなかった時代、「告げ人」「アカシ」と呼ばれる死亡通知人が死を知らせるために家々を駆け回っていたが、「ひとだま」の出入りを目撃された家があれば、村人は事前に弔いの準備ができ、家族は心の準備をすることができるのである。迷惑をかけたくないという死者の想いによる発現なのかもしれないが、これを最期の気配りととるか、不吉な怪火ととるかは受け止る人次第であろう。

その他、尾をたなびかせながら水中の魚のように悠々と飛ぶ、八の字を描く、大きく円を描いて回遊するといった、まるで自由を満喫するかのような行動も報告されている。

家に入っていく行動例を記したが、空から家に落ちてくるという事例も少なくない。その場合も、その家に不幸が起きたか、これから不幸なことが起こる。

沖縄には「タマガイ」という怪異がある。「魂揚」と字をあてる。並行飛行をする「ひとだま」とは違い、病人のいる家や、まもなく死ぬ人のいる家から天に向かって揚がる火の玉で、これも人の魂なのだという。夕方、あるいは夜に揚がるのは人の死ぬ兆しで、家の玄関から上がれば主人が死に、勝手口から上がれば妻が死ぬ。子供が生まれる前に目撃されることもあるので一概に死者の霊魂ともいえないようだ。

一説では、生死をさまよっている病人は、生きたまま魂が遊離することがあり、意識がなくなると家族は枕元でその名を大声で呼んで魂を引き戻そうとする。その際、呼ばれたことに気づいて戻ってきた魂が「ひとだま」として目撃されているのだという。

なんにしても、「ひとだま」は家族や近隣住人といった身近な人間の死から発現される怪異であり、それが「ひとだま」を見ることを人々が忌む最大の理由なのである。

※

『さーくる』の記事によれば、昭和五十九年八月十六日の夜に私が「見た」と証言したらしい「ひとだまさま」の姿は、「ぽつりと灯るオレンジ色の丸い光」だった。

なぜこれを「ひとだまさま」だと私は断定したのだろうか。普通に「ひとだま」ではいけなかったのか。いや、それ以前にこれは『光』なのだ。

民俗資料に「ヒカリモノ」という言葉をよく見るが、これはそのまま、光るモノを指す。「ひとだま」もここに含まれるが、地域・文献によっては別物とされる場合もある。

「ひとだま」「鬼火」「ヒカリモノ」は厳密に区別を表わす言葉ではない。本当は区別するにこしたことはないのだろうが、できないのだ。これらを語り伝えていた大人たちも、聞いて怖がっていた子供たちも、そこまで細かくは呼び分けてはいなかったはずだ。

これらの呼称は「正体不明の発光体」を記録・伝達する際に用いる汎称なのである。

あの夜、私が見る可能性があった「光」——民家の窓明かり、車両のライト、花火、火球などの天文現象、ホタルのような発光性動物——どれも弱い。いくら緊張状態にあったからと言って、腰を抜かして驚くようなものではないだろう。

そうだ。その光は私の頭上に移動してきたのだ。記事にはそう書いてあった。

なぜ、頭の上なんだ。その時、私は頭に何かをされたのか。

まさか。

宇宙人による移植手術――。

それはさすがに……いや、あり得ないというなら「ひとだまさま」だって同じだ。

調査対象を「ひとだま」から「ひとだまさま」に絞ってみる。

まずネットによる検索では、目ぼしい情報は引っかからなかった。福岡大学人文学部教授の論文に、各地の「人魂」の呼称を蒐集・列挙したリストがあり、そこに石川県の「ひとだま」の呼称の一つとして《ひとだまさま》の記述はあったが、「鹿島地方でいう」とあるだけで、他の「ひとだま」と同じものという扱いのようだ。

国会図書館のデジタルアーカイブで閲覧可能な鹿島地方の民俗誌を探し、ネット古書店で王町周辺の地名がつく民話集、通史、近代史を注文。そこでようやくパソコンの前から離れて神保町へ赴き、郷土資料に強い書店で能登周辺の史料を片っ端から購入した。それらの資料からの収穫は少なかったが、まったくなかったわけではない。

（一）　ヒトダマサマ

金円周辺にヒトダマサマといふ不思議の火あり。亡者の魂魄、是を見し夜は不吉なりと

○6○

て、夜間の外歩きを戒める。夜に話すこともきらふ。ひとをまねろ。

これは、鹿島郷土研究會が大正六年から七年にわたって不定期に発行した民俗研究誌『民俗の轍』第十六号の作間与次「鹿島郷の傳承」にある記述である。「火」で「魂魄」なら、一般的にいう「ひとだま」と同じものか。最後の「ひとをまねろ」は不明。対処法だろうか。併せて購入した同誌十八号の巻末「おくやみ」に、この記事を書いた作間与次が死去したとある。

(二) ひとだまさま

古峰願寺(熊ノ澤)よりあらはれ、北へ行くヒカリモノあり。これをひとだまさまと云ふ。行きあふこと凶とて、夜に外を歩くことを禁ずる。あえばとって食われる。顔を見るなど六文云ふ。祟られて滅んだ家がある。

昭和三十年発行『鹿島南部郷土誌稿』にあった。熊ノ澤は現在の熊沢町で、金円町の東隣である。古峰願寺という寺は調べても出てこなかった。「ひとだま」でありながら、人を食らい、顔もあることから、光る怪物のようなものかもしれない。これも祟るものであり、同資料の別項に、祟りにより衰退して滅んだ宮森家の伝承がある。宮森家の伝承に「ひとだまさま」の名称は出ず、祟りをなしたものは「ヒカリモノ」とされている。六文の意味はわからないが、同地域の田打ち歌で、「春は日もよし日も長し、六文お月にうつしてござる」とある。これも意味は不明。

（三）　ひとだま様

王や金円、飯郷周辺などに伝わる怪火。これに憑かれると■■■■になる。大村久重門という酒売りが木野谷の山で夜間にこれと遭い、■■■■となって村人八人を鎌で斬り殺し、後に死罰となる。木野谷では薬屋の若主人が川で河童に引かれて死んだので、その亡魂か、ひとだま様を見たのだろうということだった。

昭和三十四年発行『鹿島郡誌（2）民俗編』から。飯郷は明治中期頃、腸チフスが流行時に隔離病舎が建てられ、そのためか、幽霊や脱走患者の噂がよくたった町だという。■で伏せた二カ所には乱心を指す同じ言葉が入っていた。ここにきて「河童」が関わってくるのは興味深いが、この地域で川というと元・実家の前を流れる阿武瀬川くらいだ。そこはそんなものが住めるほどの水量がないので、この話はあまりあてにはならない。昔はどうだったかは知らないが。

憑依されると正気を失くし、殺人行為に走るという、怪火では類を見ないケースは収穫だ。後半、誰がなにを見てどうなったのかがよくわからない文章である。

（四）　ヒトタマサマ　（タはダの誤りか）

王金円に伝わる怪物。夜に燃盛る火。人が死ぬと其の家から飛ぶモノ。四十九日は留まる。其の期、人死あった家に夜は近寄らぬ。外で会えば顔似るものあり。血筋であろうともとりつく。同血筋でもつく。

昭和三十三年に鹿島口碑編纂委員会の発行した冊子『わが郷のおもひで』通巻六十九号に掲載された、「妖怪怪彙」のなかにある。「ひとだま」寄りの「ひとだまさま」である。死人の出た家のまわりで四十九日のあいだ留まるのであれば、私の見た何かは、祖母の亡魂であってもおかしくないということだ。同じ血筋でも憑くとの一文にゾッとする。

見つかった情報は以上である。しかし、どうにも腑に落ちない。正直、「これだけか」という感想だ。それは内容然り、記録の数然り。もっと深い内容の伝承や、この化け物を祀る神社や祠の言い伝え、これを信仰する土地での異様な因習とその痕跡――そういった記録が見つかってもよいはずだ。

『さーくる』の記事によると、鹿島郡の広い範囲で語られていた俗信のはず。祖母をあれほどに心胆寒からしめた存在の記録の少なさに、私は違和感を覚えた。そして、その正体なり、対処法なり、もう少し役に立つ情報が見つかると期待していたのでがっかりした。

「いが。おめぇ、オラざ言うごど、しゃあんと聞げよ。どん暗(ぐれ)ぇお空、火ぃ飛んぢら、そら《ひとだまさま》がよ。亡者(モンジャ)の明がりだ、見だら隠(かぐ)れなぜ。せなば、亡者に見(め)かっで祟られんがよぉ。オラざ言うごと聞かねど、おめぇ、あの世ばもってかれっぢ」

祖母から毎日のように聞かされていた言葉だ。これを標準語に訳すと、こうなる。

「いいか、私の言うことをしっかり聞け。空が暗くなったら火が飛ぶよ。それは《ひとだまさま》だぞ。亡者（死人）の明かりだから、見たら隠れろ。そうしないと亡者に見つかって、祟られてしまうよ。私の言うことをきかないと、あの世へ連れていかれるよ」

気持ちのいい話ではない。かなり不気味な俗信だ。だが、当時の私には、そこまで怖いとは感じられなかったと思う。厭(いや)だなぁと思って聞いていても、思いだして震えたり、眠れなくなったり、トイレに行けなくなったり、そんなこともなかったと思う。

子供の頃の私は変なところで達観していたのだ。大人が子供をファンタジー(つくりばなし)で期待させたり、怖がらせたり、納得させたりするのは、その芯に「子供にこうさせたい」という、大人の都合があるからだと、なんとなくわかっていた。

祖母に対しても、私を従わせるために「ひとだまさま」を利用しているのだと思っていたに違いない。だから、暗くなったら外を出歩くなとあんなに言われていたにも関わらず、あの日の晩、私は外へ出たのだ。母親に使いを頼まれたといっても祖母の言葉を信じていたなら、絶対に拒否しているはずなのだ。

そして、私は何かを見た。おそらく、祖母の恐れていたものを。それは見ただけで、その記憶を丸ごと失うほどに恐ろしいものだったようだが——どうにもピンとこない。祟り云々（うんぬん）は確かに怖いが、幽霊や怪物のような悍ましい姿形をしているわけではない、ただの光だ。私自身がそう証言している。そのような記憶が蘇（よみがえ）ったところで、あの記事に書かれていたような恐慌状態に陥るものだろうか。

だが、実際なったのだ。

『さーくる』の記事では、Aくん（わたし）は一度、記憶を蘇らせ、担当医師の質問にたどたどしいながらも答えているが、その記憶は現在の私のなかには残滓（ざんし）もない。もしかすると、逆行催眠みたいなもので一時的に引き出された記憶なのかもしれない。医師の誘導的な質問に焦慮（しょうりょ）した私が、事実ではないことを答えた可能性もある。あるいは、私の証言部分だけは、執筆者による脚色ということも考えられる。たとえば、私が記事を読んだことで記憶を蘇らせ、再び恐慌状態にならないように配慮したとか——。

だめだ。あの記事だけでは手掛かりがなさすぎる。目撃した本人が何も思いだせないのだからどうしようもない。「ひとだまさま」の調査も今は手詰まりだといわざるを得ない。

いったん方向を変えて、ここ五年以内に採集された、奇妙な事例を二つ掲げる。

いずれも音声記録を素起こししたもの、つまりノーカットである。文字起こしをする際、内容に関係ない箇所や言い間違いといった不要部分（ケバ）をとるものだが、一聴、不要と思える箇所に語り手本人も意識していない示唆的な意味が含まれていることがある。

くしゃみ

——えっと、ちゃんと声、入ってるかな。

あ、いけて——ますね。はい、じゃ、話します。

中学生になったばかりのころなんで、三十年とか、それくらい前です。

イッチって女の子がいて、小二の頃に同じクラスになってからずっと友達だったんです。

まあ、親友ですね。

で、そのイッチに二つ上のお姉さんがいるんですけど、身体が弱くて、学校に通ってなかったんです。だから、ずっと家にいるんですよ。

イッチの家に遊びに行くと、そのお姉さんが自分の部屋から出てきて、遊ぼう、みたいな感じで話しかけてくるんですけど、年上とは思えないくらい、からだがちいちゃくて、色白で、目の色がちょっと——なんていうんだろ、黄色？　金色？　お月様みたいな感じの明るい黄色なんです。きれいなの。ほんとパッと見、外国人の小さい女の子みたいで。

でも部屋から出てくると、ダーッて、すぐにお母さんが走って来て、お姉さんのことを部屋に押し込んで戻しちゃうんです。

ああ、体が弱いから無理をさせちゃダメなんだな、でもなんか可哀そうっておもって。

ある時、聞いちゃったんです。お姉さん、なんの病気なのって、イッチに。

そしたら、お父さんに聞いたけど、わかんないって。イッチも知らなかったんです。

へぇ、そんなことあるんだぁって。難しい病気なのって聞いたら、首を横に振って、どうして、あんな感じになったのかがわからないって、気になる言い方するんですよね。

まあ、その時は、そうなんだぁ、くらいで終わって。

それからイッチの部屋で、二人で遊んでたんです。

名前占いの本があって、クラスの子の相性とか占ってたんですけど、次、誰の名前占うってなって、じゃあ、イッチのお姉さんの名前も占おうよっていったんです。

そしたら、なんか急に押し黙っちゃって。イッチ、ぜんぜん名前を教えてくれなくて。

なんでって聞いても、へんに誤魔化してくるし、なんか微妙な空気になって。

そしたら、隣の部屋から、大きなくしゃみが聞こえてきたんです。

隣って、さっきのお姉さんの部屋なんですけど、でも聞こえてきたのは、「えっ、だれ？」って感じの、表現しづらいんですけど、なんかすごく嫌な、怖い声だったんです。

「今のなに？」って、イッチに聞いても下向いちゃって黙ってるんです。

そしたら、フッて、なにか視界に入った気がして、そっちを向いたんです。部屋のドアは開いていたんで、そこから廊下がまっすぐリビングに繋がっているのが見えるんですけど、そのリビングに向かって、光の玉が、尾を引きながら、すーって、飛んでいくのが見えたんです。一秒、二秒くらいかけて、すーって、リビングに入っていって。

それ、隣のお姉さんの部屋から出てきたように見えたんです。

すぐにイッチに教えたんですが、彼女が顔を上げた時にはもういなくて。そうしたら、リビングからイッチのお母さんが、どたどたどたぁって走ってきて、隣のお姉さんの部屋に入っていったんです。それ見てイッチも慌てて部屋を出て、隣の部屋にいっちゃったんで、私もついていったんです。

そしたら、お姉さんは部屋でうつ伏せに倒れていて。

――これ、本当に今でもうまく状況を説明できないんですけど。

イッチのお姉さんが、お姉さんの頭が――ぺらぺらに見えたんです。

ぺらっぺら。ぺったんこです。空気が抜けきったビーチボールみたいな感じです。

手とか足とかは普通というか、ちゃんと厚みはあって、しっかりと手と足なんです。

えっ、なにこれ、どうなっちゃってるのって――頭の上にハテナいっぱいです。

そしたらお母さんいきなり、回し蹴りじゃないですけど、急に蹴ってきて。

私にじゃなくって、開いてるドアに。で、足でドアをバンッて閉めて、戸口に立って見ていた私ごと。それで、強引に部屋から閉め出されちゃって、私だけ。

しばらく、部屋の前で待ってたんですけど。イッチも部屋から出てこないし、部屋の中でなんか喚いているし、もう怖いんで、そのままなにもいわずに帰っちゃいました。

その日か、次の日くらいでしたね。

イッチのお姉さんが亡くなったって、連絡網でまわってきたのは――。

じゃあ、私が見た時、あれって、もう死んでたのかなって、ゾッとしました。

イッチは、それから学校に来なくなって、そのまま引っ越しちゃったんです、誰にも引っ越し先を告げずに。

それっきりです、イッチとは。今はどこでどうしているのやら。

私が見たのって、お姉さんの魂なんですかね。なんか人魂っぽかったですし。

悪寒

短い話なんですが――。

僕が二十代のころです。営業職になりたてで、仕事がうまくいかず、腐ってた時期でした。

そんな時、出張先のスナックで知り合った同い年のホステスと仲良くなって。ずるずると、その子のマンションに転がり込んで、そのまま仕事も辞めて。まあ、ヒモですよね。ある日、彼女が、仕事が休みだっていうんで一緒にドライブに行ったんです。彼女の運転で。で、僕はすぐに隣で寝ちゃって。

起きたら、何時間くらい経ったのか、もう夕方で。場所もよくわからない。峠でした。どこかと聞いたら、焦った顔で道に迷ったというんです。

ガードレールの向こうは、眼下の山裾に森が、こう、グワーッと広がっていて、遠くで街明かりがチラチラと輝いていました。対向車もほとんどなくて、このまま肝試しにでも行こうか、なんて彼女に話かけていたんです。

カーブのきついところを、グーッと、車が曲がった時でした。

左側の視界になにかが見えて、「ん？」っと視線をそっちに振ったんです。

空から、ゆぅーっくり、奇妙な光が降りてくるんです。

距離からして、三、四十メートルくらい離れていましたかね。色は薄い青色で、白い部分もあって、形は丸くて、ぼんやりと発光していて、青い火を纏っているボールみたいな感じで、これがなんとも、きれいなんです。

昔の怪談映画に出てくる「ひとだま」ってあるでしょ。ヒュードロロって、幽霊が出る前に現れる青い火――ああいう感じなんですよね、もう、そのまんまです。

「止めて」っていって、車を端に停めてもらって、降りて二人でそれを見ました。でも、すぐ森の中に落ちて見えなくなったんです。彼女は隕石だというんですが、僕はそうだとは思えなくて――というのも、見ていて寒気がしたんですよ。厭な感じだったんです。悪寒ですね、尋常じゃないくらいの。それに隕石ならゆっくりは落ちてはこないでしょ。しばらく落下地点を見ていたんですが、とくに何も起きないんで、行こうかって車に戻って、ドライブ再開です。十分くらい、謎の降下物について彼女と話していたんですが、急に、「首が痛い」と彼女が言いだしまして。肩凝りじゃないかというと、そうじゃないって怒り出すんです。そんな軽い痛みじゃないって、泣きそうな声で訴えるんです。そうかと思うと今度は「歌が聞こえない？」と奇妙なことを言い出すし。聞こえませんでしたよ、ラジオの声以外は。でもそれじゃないって言うんですね。そんなふうに、ふざける子でもないんで、どんな歌が聞こえるのって真面目に聞いたら、日本語じゃないって言うんです。

するとと、だんだん車の動きが怪しくなってきたんですよ。じわじわと左に寄っていって、ガードレールに擦るんじゃないかってくらいギリギリまで寄って。ハッと彼女を見ると、頭をふらふらさせていて、白目をむいた状態で――彼女、運転中に気を失ってしまったんです。

慌てて横からハンドル握って、なんとか事故にはなりませんでしたけど、僕、免許を持っていなかったんで、ろくに運転もできないんです。でも、彼女を病院に運ばないといけない。その頃はケータイもないですし、電話ボックスも近くになくて、パニックですよ。するとそこに軽トラックが通ったんで、止まってもらって事情を話し、麓の病院まで連れていってもらったんです。彼女は到着してすぐ昏睡状態になってしまって、かなりまずいってことで、彼女の務め先のスナックに電話をし、彼女の親に連絡とってもらって――。

治療室の前のベンチに座って待っていたら、一時間くらいで彼女のご両親が来ました。そのタイミングで看護師さんが出て来て、彼女の容態はかなり危険な状態だといわれました。そこではじめてご両親は、僕が彼女と一緒にいたことを知ったようでした。

僕はなんといっていいかもわからず、まあ、ヒモですからね、自己紹介もしづらいですし、そういう場合でもない。何があったのかと聞かれても、ただ車を運転中におかしくなったとしか言えず、頭を下げるばかりです。悪いことはしてないんですがね。自分が責められるのが怖かったんでしょう。

それから三十分もせず、治療室から先生が出てきて――。

彼女は、死んでしまいました。

死因は、よくわからない。ご両親の横で聞いていたはずなんですが、僕もパニックでまったく医者のいってることが頭に入ってこなくて――動脈が切れたとか、破裂したとか、そういうことを言っていましたね。おそらく、くも膜下出血でしょう。今聞けばそうわかったと思いますが、もの知らずな年でしたし、死因のことよりも彼女が死んでしまったという事実が受け入れられなくて、もう信じられなくて、哀しいとかではなくて、ポカンとしていました。数時間前まで笑いながら話していたのにってね。

持病とかもなく、以前にそういう兆候もなかったそうで、ほんとに急死なんです。あの時に峠で見たものは、兆しだったのかなと後から思いましたね。見た時の厭な感じと悪寒、あれは、そういうことだったのかなと。不気味だったなぁ、あのきれいな光。

あ、結局、話が長くなりましたね。失礼しました。

「くしゃみ」「悪寒」への雑考

「くしゃみ」「悪寒」とタイトルを並べると風邪のひきはじめのようだ。

どちらもインタビュアーを入れず、話者自らに独白の形で録ってもらった音声で、そのファイルを文字起こししたものである。

長い付き合いのある編集プロダクションの社長R氏に事情を説明し、頼んで入手してもらったものだ。一昨年前の夏に刊行した実話怪談系の書籍に掲載予定だったが、執筆を担当していたライターが急逝したため、原稿に起こされずにお蔵入りしていたらしい。それを私が預かって文字に起こしたというわけだ。

興味深い点はどちらの話にも「ひとだま」のようなものが現れ、その後、「頭」に関係した驚愕の出来事が起きることだ。

頭が潰れていたイッチの姉。くも膜下出血で急死したホステスの女性。

そして私も、「ひとだまさま」を見た後、すぐに脳腫瘍が発覚している。

これらは偶然で、私はただ「ひとだまのようなものが出てくる話はないか」とR氏に相談しただけなのだが、まさかのドンピシャな話が届いたというわけである。

「悪寒」の舞台は群馬県（以降の地名は伏せる）であるという。カップルが迷い込んだという山の周辺地域を調べると、「首なし武者」の怪談が広く分布し、首のない馬に乗った首のない武者や、炎を纏わせながら山林の上を移動する生首——といったものが、昭和中期まで相次いで目撃され、新聞記事にもなっている。

とくにその手の話の多かった昭和初期には、火葬されるはずだった遺体千体以上から脳だけを抜き取って漢方薬として売っていたという猟奇事件も起き、それがまた首なし武者や飛ぶ生首の噂の流布に拍車をかけたと思われる。

そこで初めて、亡くなった女性の最後の言葉、「首が痛い」と繋がるのだが、これは私が調べたからわかったことで、本当に偶然にして繋がったわけなのである。

これらを執筆予定だったライターの急逝も気になったが、取材で訪れた東北地方の山で滑落事故に遭ったとのこと。「ひとだまは関係ないよ」とR氏に言われてしまった。

次に掲げるのも、前の二話から通ずる奇妙な類似性が垣間見える話である。

光る口

昭和五十年代、小学生の頃だという。

祐樹（ゆうき）さん（仮名）は六月ごろに鎌倉（かまくら）の親戚の家に泊った。お目当てはホタルである。

この時期、従弟の通う小学校のそばを流れるN川でホタルが飛ぶのである。祐樹さんはそのためだけに横浜（よこはま）から毎年泊りに来るのだが、あまり捕まえられたためしがない。他にも捕りに来る子供（ライバル）がたくさんいるからで、いい場所（スポット）はすぐに占拠されてしまうのだ。

今年こそはと張り切っていた祐樹さんは、従弟の家から行くよりも学校からのほうが近いので、日中は小学校の校庭で従弟と遊び、日が暮れだしてから二人で川へ向かった。

「やっべ、でおくれた」と従弟が焦りの声をあげた。

すでに川のそばでは子供たちがホタルを追い回している。岸に佇（たたず）む大きな猫背の木が川に向けてお辞儀をしており、その下にヤブガラシが群生している。この辺りが一番ホタルは多いのだが、すでに元気な男の子たちが陣取っていた。

「あっちに大物がいるぞ」と従弟が左岸のほうを網で指す。

確かに、ひと回り大きいホタルが何匹かいて、ヤブガラシの上を大きく旋回するように飛んでいる。捕りに行きたいが、赤いタンクトップ姿のヤンチャそうな男の子が、虫捕り網を力任せにぶんぶん振りまわし、ホタルを散らしている。どうも捕るつもりはないらしく、ただホタルを追い散らすことが楽しいようだ。

　完全に迷惑行為である。ホタルにとってもたまったものではない。

「あいつムカつくなあ、死んじゃえばいいのに」

　従弟が恨み節を吐いた時だった。

　わあっ、という声があがった。続いて、うごぉ、と不気味な声もする。

　どちらも赤いタンクトップの男の子から発されたものだ。

　虫取り網を放り出した彼は祐樹さんたちに背を向け、自分の口元を両手で押さえた。肩をビクンビクンと跳ね上げ、おえっ、おえええええっ、とえずく。

　そして、ゆっくり体を祐樹さんたちのほうに向けた。

「うわ、なにしてんの？」と従弟が一歩退いた。

　赤いタンクトップの男の子の口から、緑色の光が漏れている。

　口のなかにホタルを入れているのである。

　しかも一匹、二匹ではない。十匹以上は入っている明るさだ。度を超えた悪ふざけに、まわりの子たちが厳しい目を彼に向けていた。

「アンン！」

　赤いタンクトップの男の子は奇妙な声をあげ、呆然(ぼうぜん)とした顔を祐樹さんに向ける。

喉の奥を見せつけるように開いた口からは、もう緑の光は漏れていない。

「――え、うそ、飲み込んじゃったの？」

近くにいた女の子が信じられないという顔をした。

彼は首をぶんぶんと横に振って、

「だって、いきなり口の中に入ってきて、喉の奥に、入ってっちゃって――」

じゃあ、飲んだのだ。十匹以上のホタルを、彼は生きたまま飲み込んでしまったのだ。

お化けを見るような目で遠巻きにしている子供たちに、彼はこう訴えた。

「違うよ、ホタルなんかじゃなかったよ」

口の中に飛び込んできたのは火の玉だったという。しかも火の中には、髪がぼさぼさの小さな生首がいて、そんなものが幾つも口の中に飛び込んできたというのである。

うそつけ、と誰かが言った。うそつき。ばーか。死んじゃえ。返せよホタル。

非難の声と視線のなか、赤いタンクトップの男の子は河岸にしゃがみ込んで、拳が入るほど指を喉の奥に突っ込み、げぇげぇとえずいて何かをぱしゃぱしゃと川に吐いていた。

この時のことは今でも従弟との語り種となっているという。

光る口——考察

平成二十三年九月十二日に『ボギールーム』の「百奇考証」に投稿された体験談が、リライトをされて同月十六日に公開されたものである。現在もサイトで閲覧できる。

これがもし、投稿者の体験談ではなく、第三者からの伝聞で得た話であったなら、私は「うまくできた話だな」という感想を持っただろう。

読んでまず思い浮かんだのが蛍合戦だ。交尾のために無数のホタルが入り乱れて飛び交う様をいう夏の季語である。

日本には約四十種のホタルがいるそうだが、私はゲンジボタルとヘイケボタルしか知らなかった。この二種の名の由来はよくわかっていないらしく、一説では平家討伐の悲願叶わず宇治で自害した源頼政の亡魂の化したものがホタルであり、そこからゲンジボタルという名が生まれたという（江戸時代の医師・寺島良安は、この説を馬鹿々々しいと切り捨てている）。ではつまり、最初からゲンジとヘイケのセットで名づけられたのではなく、ゲンジがいるならヘイケもいたほうがいいだろうと後から名づけられたということか。しかしながら、平家の亡魂はカニや鳥に化したという伝承がすでにある。そのうえホタルにまでなったのでは忙しくてたまらないではないか。

とはいえ、蛍合戦を源氏と平氏による合戦として見ると、また違った趣がある。

それは、この怪異にもいえる。

話のなかでは言及されていなかったが、従弟の見つけた大ぶりなホタルこそが、赤いタンクトップの少年の口のなかに飛び込んだ生首なのだろう。この生首は、討ち取られた武将の首や晒し首を彷彿させ、ぼさぼさの髪も髷を解いた髪ととれる。

鎌倉という舞台、ホタルの源平合戦、そして乱れ髪の生首。怪談を作る素材のマッチングは完璧である。それが、「うまくできた話」という感想を持つにいたった理由である。

私の手元には、体験者によって投稿されたリライト前の原稿がある。神目が送ってくれたものだ。こういうものが読めるのも『ボギールーム』専属《怪異考察士》の特権である。

これを見ると、投稿者は当時の状況を一から微細にわたって、かつ丁寧に文章化しており、ウェブ上ではアルファベット表記になっている川の名称、仮名になっている体験者の本名、その他、リライト時に使われなかった詳細な情報もそこに記されている。当時の状況を知るには十分すぎるテキストである。

ここには、蛍合戦やゲンジ、ヘイケといった言葉は一度も出てこない。リライトした原稿にも、その言葉は入っていない。つまり、「うまい話」にしたのは私なのである。私がこの話を読んで、それらのワードや情報を思い出し、勝手に結び付けて「うまい話」だと感想を持っただけなのだ。

体験者は現在、五十代。これは四十年近く昔の記憶だ。長い月日のなかで、記憶の書き換えが行われている可能性も考えられるが、それを言いだしてしまうと過去の話はすべて疑わしくなってしまう。ここで重要なのは従弟の存在と最後の結びの一文だ。

『この時のことは今でも従弟との語り種となっている』

体験者は今でも当時のことを語り合える、記憶を共有できる人物が身近にいるのである。記憶を共有できる人物が多ければ多いほど、情報を補完しあえ、共有記憶は精彩に富む。もちろん、相手の記憶に帳尻を合わせてしまうということもありうるが、それも言い出せばキリがない。ここは単純に記憶に信憑性がついたと考えるべきだ。

ホタルは網を振りまわす男の子から逃げるのではなく、男の子の口の中に飛び込み、さらに喉から体内へと入り込んだ。小さな燃える生首となって。さしずめ、合戦に横槍を入れた彼への罰だろうか。

その後、男の子がどうなったのかということは書かれていない。その据わりの悪さに私は、不気味さとリアリティをこの話に感じたのである。

口から入る火の怪異といえば、二〇〇〇年発行の『南島研究』にこのような話があった。こちらは掲載誌に執筆者の考察があるので、私の言葉は省く。

亡骸(なきがら)から飛び出た火

昭和二十五年、南の離島で起きた出来事である。

その年は大きな台風がいくつも上陸し、各地に猛威をふるった。

そんなある日の午後、暴風で荒れ狂う海で悲劇が起こる。

難破しかけた船が海岸に漂着した。陸(おか)で見守る村人たちの目の前で、船は大波に打ち砕かれ、無残にも真っ二つに大破する。乗客たちは我先にと海へ飛び込む。すぐそばに海岸があり、そこまで自力で辿り着くことができた者もいた。不運にも岩場に辿り着いてから、波にさらわれてしまう者も、一度の波を堪えても繰り返し襲い来る波に体力を削られ、やがて力尽きて海に持っていかれる者もいたという。

嵐が去った後、変わり果てた大勢の乗客たちが岩場に打ち上げられた。

村人たちは遺体を引きあげてやり、火葬にした。なかには年若い娘もいた。

火葬のさなか、一人の村の男がその娘の亡骸を見て、こうこぼした。

「まだ男に抱かれたこともない若さなのに」

そして、手にしていた棒で娘の体を突いたのである。

次の瞬間、娘の亡骸から出た火が、猛烈な勢いで男に向かって飛んでいった。

そして、その火は男の口の中に入っていった。

この男がどうなったのかは語られていない。この話を語った人物は、その光景を目の当たりにし、死を弔う時に無駄口など叩くものではないと思ったそうだ。

※

桐島霧先生

お世話になっております。

驚きました。見事なご考察です。思わず時間を忘れて熟読してしまいました。

先生をお誘いして本当よかったと心から思いました。

改めてこの件に御快諾いただいたこと感謝いたします。

選ばれたテーマも素晴らしい。考察により、先生ご自身の謎へと繋がっていき、今後さらに広がりを見せることをうかがわせ、早くも次の玉稿が待ち遠しくてなりません。

「ひとだま」をはじめとする怪火・怪光はおそらく、もっとも時代の推移の波に飲まれ、希釈され、解釈が変化していった怪異の一つではないでしょうか。

人の亡魂、怨念の火という要素は薄れゆき、それにともない、死の兆し、祟りといったネガティブ要素も語られなくなって、単に科学的解釈が可能な発光体という扱いになっていきました。今では「ひとだま」という呼称もほとんど使われません。

ここで今一度、「ひとだま」という存在に立ち返ってみようではありませんか。

引き続き「ひとだま」および類する怪異の考察をされるのならば、当サイトのデータベースや過去の投稿記事もご利用なさってください。「ひとだま」は《CASE：AYASHIBI》にカテゴライズされ、ここには主に夜間、「火・光・色」という形で発現する怪異類が登録されています。

話は変わりますが、先生は「nursery bogey」という言葉をご存じでしょうか。

意味は《子供部屋のボギー》——ボギーとは、お化けのことです。

これは、親が子を怖がらせるために話して聞かせるお化けのことで、以前にお話しした、誰かの都合で作られた怪異に含まれます。親がその場で創りあげた急ごしらえの怪物、「やってはいけないこと」とセットになった姿なき名前だけのお化けなど、ウィリアム・ジャンセンという英国人がこういったお化けの名前を集めて分類しています。

このお化けは日本でも昔から、子供への注意喚起や躾（しつけ）の中で語られてきました。

眠らない子を寝かしつけたい、やってはいけないことだと教えたい、危険な場所へは行ってほしくない、そんな大人の都合で生みだされたお化けなのです。どんな人でも子供のころになにかしら、こうしたお化けの話を大人から聞かされているのではないでしょうか。

わたしは先生のなかに、この《子供部屋のおばけ》がいるのではないかと感じました。

誰かの都合で創られた、こわいお化けが。

先生の作品には、目的も正体も不明な存在が、唐突に理不尽な災禍を起こし、そして解決を待たないまま主人公たちの追跡を振り切って、永遠の謎として読者の心に残り続ける、そのような話が多いように見受けます。

先生は《子供部屋のおばけ》を内に宿し、無意識にそれを作品の中で顕現しようとしている、そう感じたのです。

もし見当違いであれば、一ファンの勝手な妄想として笑ってくださいませ。

※

前回に受けた検査の結果を聞きに、都内の病院に来ていた。

頭のなかの《時限爆弾》が当初の予定通り、私を半年は生かすつもりがあるのか、勝手にまた予定を変え、カウントダウンを早めてはいないか、確認しなくてはならなかった。

いやに、神目の言葉が気になっている。

私のなかに、誰かの都合で創られたお化けがいる——。

誰かとは、誰だ。いや、何だ、それは。

神目は、変なことをいう奴だ。

名を呼ばれ、診察室に入る。

そつがない歳の重ね方をした白衣の男——小野寺が回転椅子ごと振り向いて、左半分だけでニヤつく顔をわたしに向ける。よくない結果だったのだなと、すぐにわかった。彼は顔に出るのだ。

「どうです、最近よく眠れてますか？　例の体外離脱っぽい夢とか、まだ見てます？」

意識が自分から引き剥がされ、高く高く引き上げられる、あの悪夢のことだ。

「そうそう、体外離脱を人為的に引き起こそうと実験した物好きがいたそうですよ。スイスの神経学者なんですが、脳の特定部分に電流を流せば、自分が自分の肉体から抜け出すような感覚を引き起こせるとかいってね。脳の右半球の一ヵ所に電流を流された人は、自分が天井からぶら下がって自分のことを見おろしている、そんな幻覚を見たそうです。アメリカのサイエンス・ライターの本に書いてありました。今度貸しましょうか？」

私は断って、検査の結果を教えてくれと促した。

「あー、んじゃ、えーと、どうしましょ、少しずつ聞きます？　まとめて聞きます？」

こんなに歯切れが悪い小野寺は初めてだ。彼の詐欺師じみた笑みと饒舌な軽口は、一見さんにはたいへん警戒されるのだが、今日はその胡散臭さが精彩を欠いている。

私は、少しずつまとめて聞くと答えた。

「あなたの《時限爆弾》なんですがね、今日からまた呼び方を変えたほうがいいですね」

どういうことかと訊いた。

「いえね、爆弾ってぇのは、爆発する目的がありますよね。だから、爆弾なんです。でもね、こうなると、もうなにをしたいのかがわからないんだなぁ。こいつは、なにが目的で、どういう結末をもたらそうとしているのか、判断がつかないんですよ」

小野寺は〝こいつ〟といった。私の頭の中のものを擬人化したのだ。

小野寺は机の上のファイルから、モノクロ写真を取り出し、モニターにはりつける。

「ちょっと言いにくいんですけどね、わたし、半年と言いましたが、それ変更したいんですよね。といいますのも、別人みたいになっちゃって」

別人。腫瘍のことか。

「かなり、イメチェンしちゃってましてね。明日、いや、今この瞬間にも、なにが起こるのかわからない、そういう状態になっちゃってるんです。もう正直、私の手には負えませんよ。だってこんなの、医学の範疇じゃ説明つかないですもん」

小野寺のこの宣告だけであれば、私はただ絶望しただけで済んだはずだ。

ＭＲＩのモノクロームな画像で自分の脳の断面を見た私はおそらく、初代担当医師が初めて私の頭の中で腫瘍を見つけた時と同じ表情をしていただろう。

私の頭の右半球に白く浮き出ていた腫瘍は、前回の検査時より五倍ほどに肥大し、前頭葉と後頭葉の境である中央に移動していた。雫(しずく)のような形だったそれは、縦の楕円にシルエットが変化しており、楕円の下部が先細りして波線を描きながら脳溝(のうこう)に食い込んでいる。

それはまるで、灰色の夜に天へと昇る「ひとだま」のようではないか。

そうか。これのことだったのだな。

私の頭の中にいるこいつこそが「ひとだまさま」だったのだ。

それは、敬称をつけて呼ばれるに相応(ふさわ)しい堂々たる姿で。

私の脳の中央に鎮座していた。

其の四　火車考

葬儀前の遺体紛失　盗難か

今月七日、鹿島郡王町在住の会社員・伏見俊一さん(41)の自宅から、九日に葬儀予定だった遺体が紛失した。遺体は俊一さんの母親・喜代子さん(72)。喜代子さんは五日に亡くなり、自宅一階の部屋で安置されていた。七日午前六時ごろ、部屋に喜代子さんの遺体がないことに親族が気づき、俊一さんがS警察署に届け出た。同町では過去にも同様の事件が二十件以上起きており、王町自治会長・菅野正臣氏は本誌の取材に対し、「王町には火車という死体を盗む妖怪の伝承がある。その名を借りた同様の犯罪が明治のころに横行していた。腎臓や心臓の薬になるといわれた脳や他の臓器をとって売るためで、異国から買い付けにくるという噂もあった。それを模倣した犯行ではないか」といっている。親族が目を離した五分ほどのことで目撃者もなく、遺体を持ち去った者は車で県道方面に逃走したものと見られている。石川県警は、遺体は何者かに計画的に盗まれたものとみて、複数での犯行も視野に捜査を進めている。

太洋新聞　朝刊・昭和五十九年　八月十日

石川県鹿島郡の応貝低地帯の南に位置する標高五四五メートルの居子山は、「山だめ」といって漁師が自分たちの位置を測定する規定点の役目を果たした。この山は夜になると頂に不思議な火を灯し、夜漁船の帰港目標となったといわれている。そんな山が優しく見おろす、実り豊かな白稲平野の一角を占めるのが、かつての我が故郷、王町である。

駅から西は居子山系山地の稜線が空に食い込み、東は遠く展がる田園風景を見晴るかす。東へと歩む。平たい実りの緑地のあいだを縫う細流・阿武瀬川を挟んで、まばらに民家がある。私は以前、その家の並びの一つに両親と祖母と四人で住んでいた。普通の戸建て住宅だ。

川に沿ってさらに東へ行けば県道バイパスが交差し、そのあたりから田園の土と水の香りと静けさが徐々に失せ、アスファルトの苦いにおいになっていく。早期に都市開発の〝恩恵〟を受けた、隣の地区から吹いてくる風のにおいである。発展に後れを取った我が町のほうが、はるかに幸運であったと感じるのは、私が大人になって都会の喧しさにうんざりしているからだろうか。

私は三十六年ぶりに帰ってきた。

到着は夕方だった。駅前は大きく開けていて、王冠のようなオブジェを中央に据えたロータリー交差点がある。車通りも人通りもなく静かで、商店のようなものはない。駅正面に喫茶店があるがシャッターを下ろしており、そのシャッターも錆（さ）びている。

阿武瀬川はよほど水源に元気がないのか、昔から流れも脆弱（ぜいじゃく）で水も浅い。魚も住まず、赤錆色（あかさびいろ）の不快な川藻があちこちに溜（た）まって流れを鈍らせている。川底から隆起する瘤状（こぶじょう）の石が私の頭が孕（はら）む不吉の表象を連想させ、それが実に忌々しい。

驚くことに、昔住んでいた家は残っていた。

朽ちてあちこち壊れているが、所々に補修の痕跡が見られる。玄関の引き戸や窓枠はいったんはずれて落ちたと思われるが、それを元の位置に戻し、テープやロープで応急処置をして、ぎりぎりその役目を果たせるようにした者がいるようだ。誰かは知らないが、余計なことをしてくれたものだ。おかげで、この家がまだ誰かの帰りを待っているように見え、ぞっとさせられる。

明らかに廃れ、失ったものもあるのに、この町の景観や空気は昔と変わらない。

川沿いの通りは枯れたような色の雑草が野放図（のほうず）に広がり、道らしい道もなく、草のなかから茶色いバッタが飛びだして私の靴の先に何度か乗った。

私が倒れていたのは、この川沿いの道を県道方面に少し歩いたあたりだ。

正確な場所はわからないが、歩けばなにかを思い出せるかもしれない。

景色、におい、音、なにが記憶を蘇らせるスイッチになるかもわからない。歩くことで得られる五感への刺激を頭の中に染みこませるよう、ゆっくりと歩を刻んだ。

元実家から三十メートルほど県道方面へ歩くと、薄く広げた鉄板にペンキで書いた立て看板が草の間から顔を覗かせていた。子供のころからあったもので、よくぞ残っていたものだと感心する。ペンキの剝げと錆で読めないが、そこには『川であそばない！』と書かれていた。絵心のない爺さんが描いたような河童の絵もあったが、今は首のない瘡蓋だらけのクリーチャーと化してしまっている。こんなに浅くて流れの弱い川では遊んでも溺れることもないし、なんだかヌルヌルしていて汚いので遊びたいとも思わなかった。河童だって住む場所を選ぶだろう。この看板は意味があるのかと子供のころから思っていた。

田舎の夜は早い。町が沈んでいくように空が遠く暗くなっていく。夕陽に温まった草のにおいをかいだ時、瞬間的に昔に戻ったような錯覚をしたが、結局、あの日のことを思い出すことはなかった。

拠点は駅から徒歩四十分ほどの『郷の宿　ニューこしき』という旅館だ。夕食はつかないので、宿に向かいがてらコンビニエンスストアでカップ麺やおにぎりなど二日分の食料を買いこんだ。

部屋は三階の角で、安宿のわりに広くきれいだ。青畳の匂いがする。窓を開けて陰鬱な町並みを眺めながら、カップ麺をすすった。田園風景の西側には、きれいに緩やかな稜線を描く大福山(だいふくやま)の影がある。

真夜中の葬儀の思い出が断片的に蘇る。

昏(くら)く、鬱々とした記憶だ。

あの夜、私はすっかり騙(だま)された。

そのことを知ったのは、先日、神目が送ってきた新聞のスキャンデータを見てからだ。葬儀前の遺体が民家から消えるという異常な事件の記事であり、そこには私の父や祖母の名が書かれていた。すぐにはピンとこなかったが、なぜ神目が私にこれを送ってきたのかを理解した。私がブログに書いた駄文へのアンサーだ。

祖母の棺(ひつぎ)が軽かったのは、魂が体から出ていったからじゃない。

あの時、棺の中には祖母の魂どころか、祖母そのものが居なかったのだ。

何者かに盗まれていたのだ、祖母は。

では、あの葬儀はなんだったのか？　子供たち(わたし)に気づかせぬように、あんな大掛かりなことをしたとも思えない。祖母の体は戻ってこないものと諦め、形だけでも葬儀をしようとなったのか。遺体紛失からまだ二日しか経(た)っていないのに？

きっと、違う。

あの葬儀には、何か別の意味があるのだ。

棺に入ってからの祖母の姿は一度も見ていない。見たいとも思わなかった。冷たい話だが、私は祖母との良い思い出が一つもなく、死んでも悲しいという気持ちはわかなかった。もちろん、せいせいしたなんてことはないが、私にとってはある日突然、口煩い人がいなくなったというだけのことだった。

それでも、身内の死体が盗まれるのは胸糞が悪い。

私はいったい何をしているのか。《謎》を解き明かすつもりで、二度と戻ることなどないと思っていた〝故郷〟に帰ってきたというのに、これでは逆に《謎》が増えるばかりではないか。しかもこれで、「人に魂は存在する」という説得力のあるエピソードを私は失ってしまったわけだ。

気がつくと網戸の外側に蛾がしがみついて、肥えた白い腹を私に見せていた。その色や形が私の頭の中の「ひとだまさま」を想起させ、我が故郷ながら、いちいち癇に障る町だなと歯噛みした。

※

——はあ、伏見さん？

伏見、伏見……。あっ、はいはいっ、ええと、下の名前は忘れちゃったけど、うん、思いだした。覚えてるよ。

えっ、あの伏見くんかい？　川のそばに住んでた？

そっか、そっか。いやあ、誰かと思ったよ。えーと、なん年生のときだっけ、同じクラスになったの。よく一緒に遊んだよね。そうそう、行った、行った、自転車でね。

うわ、懐かしいな。途中で引っ越したんだっけね。だよね。なに、こっちに戻ってきたの？　あ、そうなんだ。仕事かぁ。へぇー。

大丈夫、ちゃんと覚えてるよ。まあ、さっきまですっかり忘れてたけど。あはは。

顔は……ちょっとまだ思いだせないけど。写真とかもないしね。だってほら、伏見くん、卒業前に引っ越しちゃったから、卒業アルバムにもないでしょ、写真。

すごく背が高かったって印象が……えっ？　いや、違うか。小さいほうだっけ？

あれ？　誰かと混同してるな。まあ、昔のことだしね、はは。

伏見くん、よく本を読んでたよな。うん。不思議議系とか、そういう本が好きな印象だよ。

意外にこわいもの知らずでさ、急に神社の御神体とか外に持ち出そうとして——。

——そうだよ、忘れた？

うん、持ち出してはない。みんなで止めたから。それはまずいよ、祟られるよって。

――もしもし？　大丈夫？　ああ、電波ね。悪いよなぁ。まあ、田舎ですから、ここは。

そういえば伏見くん、家出して大騒ぎになったことあったよな。

ほら、親と喧嘩したとかで家から飛び出してさ。んで、二、三日して、ひょっこり帰ってきて――ありゃ、覚えてないんだ。大福山にさ、覚えてるでしょ、山、そこに消防団のおっちゃんたちが入って捜したりしてさ――あれ、それ伏見くんじゃなかったっけ？

あ、違うんだ？　俺はそう記憶してたんだけどな。つーか、さっきから俺、誰と勘違いしてるんだろうな。ハハ、失敬、失敬。

――入院？　してたの？　伏見くんが？　そうだっけ？

いやあ、だってもう何十年も昔――いや、行ったな。

うん。行ったわ。そういえばみんなで見舞にいった気するよ。思いだしたわ。

――ん？　どうだったかな、なんか大変な病気だってことは担任の先生から聞いてた気もするけど。いや、たぶん、君からは何にも聞かされてないよ。結局なんだったん？

頭に？　――そうだったんだ。うん、やっぱり聞いてないと思うな。聞いていたら忘れないと思うし。きっと他の子に話したんじゃないかな。

ああ、だから急に引っ越して。そっか、いろいろ大変だったんだな。

え、なんて？

ひとだま、さま？　いやあ、なんだい、それはまた。

——いや、ないない。聞いたことないよ。迷信？　この町の？　へぇ。

火の玉ねぇ——いやあ、そういうのは見たことないな。ＵＦＯとかは結構好きなんだけどね、あ、いや、どっちも見たことないよ。好きっていうか、興味はあるけどね。

なになに、そういうのを調べてるの？　それが仕事？　それって——。

ああ、作家さんなんだ？　ああ、納得。へぇ、すごいな。

なるほどね、取材で帰ってきたと。いいね、故郷で取材なんて、かっこいいね。

いや、実は俺もずっと帰ってきてなくてさ、一昨年まで埼玉でね。うん。女房が体弱くて、そんで空気のいいところにって、仕事も変えてさ。そうそう。澄んだ田舎の空気がなによりの薬だね。

おかげさまで今は嘘みたいに健康になったよ、女房。ここ、温泉もいいしね。

なに？　みんなにこうやって電話かけてまわってるの？　はぁ、大変だな、そりゃ。

そっかぁ、せっかく電話くれたのに、お役に立てなくてすまないね。

またこっち来ることがあったら、連絡してよ。

まわりにも聞いておくから。その、ひとだま？　さま？

※

ああ、そうなんですか。いや、ごめんなさい、おれ、あんたのことは覚えてません。

――あー、そういえば、そんなこともあったかな。

そっか、あの時の子なんだ。急に見なくなったから、行方不明にでもなったのかなって。ほら、うちの町、多いでしょ、そういうの。

でもよくうちの番号を覚えてましたね。ああ、卒業アルバム。たしかに、住所も載ってたかも。いや、おれ、捨てちゃったから。

――ああ、おれはずっとこっちっすよ。この町はさ、なぁーんも楽しいことなんてないし、まわりもクソみたいなやつらばっかなんだけど、ほんと居心地だけはいいんだよね、不思議なことに。だから、わざわざ都会に出ようとも思わないね。

で、なんですか？ なんか用があってかけてきたんでしょ？

――あんたが？ 救急車で。へぇ。いや、だから、行方不明になったと思ってたから。

そんなことあったんだね。覚えてないなぁ。じゃ、事件の目撃者を捜してるってこと？

ああ、それで電話してまわってるんだ。刑事みたいだね。

おのちゃん……ああ、あの小野か。あいつにも電話したんだ。いや、おれ、ずっと昔にあいつと縁切ったから。いや、なにがあったってわけじゃないけど、まあ、いいじゃない。

——だからさ、そういうのは、おれに聞いても無駄ですって。昔のこと、みんな忘れちゃったから。忘れるようにして生きてたから——さあ、それも聞いたことないね。アニメかゲームのキャラ？　そいつがあんたになんかしたの？　祟り？　なにそれ。

悪いけど、このとおり、あんたの知りたいことはなんにも知らないよ。

——うん。じゃ、そういうわけだから。まあ、調査がんばってよ。

※

え、えええーっ、うそ？　えええっ？

五年四組でしょ？　もちろん、覚えてますよ。出席番号二十二番、でしょ？

伏見くんこそ、わたしのこと覚えてる？　ほんとに？

意外？　そりゃあだって、わたし人生で初めて書いたラブレターが、あなた宛でしたから。そういうのって、一生覚えているもんじゃない？

うん、渡しましたよ？　ですよねぇー。覚えてないですよね。でも、しょうがないよ。

なんだか、大変だったみたいだから、あの時のきみ。

ほら、入院したでしょ。事故で怪我したんだっけね。

そうかと思ったら、急に引っ越しちゃうしさ。

いやあ、でも、ほんとびっくり。本当に偶然。すごいタイミングで電話くれたね。

わたし、こっちに帰ってきたのって、二日前なんです。

――ええ。今は東京で。中野です。ブロードウェイは反対側。あ、よく行くんだ？　じゃ、すれ違ってたかも。その前は旦那が海外で仕事してたんで、わたしもついていったから、もう十年以上こっちに帰ってきてなかったかも。電話とかはしてたんですけどね。

――帰ってきたのは、お葬式で。なんかね、親戚が変な亡くなり方しちゃって。溺れたって。阿武瀬川で。伏見くん、家が近かったよね。事故があったのは、もっと駅側なんだけど――変でしょ？　あんな浅い川で溺れるなんて。

お葬式ね、なんか真夜中にするんだって。そう、明日のね。

――でしょ。昔からお葬式ってそうだっけ？　まあ、普通じゃない亡くなり方したからってことみたいだけど、真夜中のお葬式なんて親戚とはいえ、ちょっと怖いよね。

そ。いちばん近いとこ――っていうか、この辺だと大福山しかないもんね。

もう親戚なんて誰の顔も覚えてないし、正直、面倒だよ。

あっ、ごめん。親が呼んでる。

――うん、それじゃ、またご縁があったら、その時はお茶でもしようよ。

※

桐島霧先生

お世話になっております。『ボギールーム』の神目です。

いかがですか。三十年以上もの時を隔てて踏む、ふるさとの土は。

同窓の方たちにも話をお聞きするとのことでしたが、収穫はありましたか？


さて、お問い合わせいただいた件ですが、過去の当サイトへの投稿のなかに該当するものがございましたので、未採用分も含めた四話を添付ファイルにてお送りいたします。

範囲は石川県鹿島郡王町周辺の指定いただいた十八町村、期間は昭和五十九年八月十六日の前後一ヶ月の不思議な体験談——ということでお間違いないでしょうか。

噂には「口裂け女」や「人面犬」のように、およその流行期間というものがあります。先生の事件は地域雑誌にも載るぐらいですから、当時も噂ぐらい聞いたことがあるという人も必ずいるはずです。事件そのものを目撃している方もいるかもしれません。そういった方々からの報告が当サイトにあっても、確かに不思議ではありません。

『ボギールーム』はユーザーの皆様からお預かりする《謎》を、一意専心、無二無三、誠意と感謝の心をもって熟読し、考察いたします。本旨ではありませんので救済、解決、完全解明はできかねますが、少しでも核心に近づけるような考察を心掛け、真相解明の端緒をお渡しできればと常日ごろ願っております。そのような姿勢を崩さぬよう長年努め、おかげさまで今では多くのユーザーの皆様からご満足の声もいただき、墓まで持っていくつもりだった秘密をも預けたくなるとの、恐懼感激なお言葉まで頂戴しています。

きっと、先生の《謎》に繋がる情報をお持ちの方もいらっしゃるはず。そのように信じて探しておりました。結果を申し上げますと、先生の読みは当たりです。

――が、「大」当たりというわけではありません。と、申しますのも、また新たな《謎》が増えることになるからです。

添付したファイルは、「百奇考証」に投稿のあった体験談です。採用した話は当サイトでリライト済みで、未採用のものは投稿時のままのテキストを送っています。

飛ぶもの

(採用・リライト済み)

昭和五十九年――当時、中学校の教員をされていた康夫さん(仮名)は奇妙なものを見た。学校は夏休みで、その日は研修に参加してから学校に戻り、二学期の授業の準備をしていた。

学校を出たのは十八時頃であった。車で自宅のあるK町へ向かっていると、東側の空に奇妙な光を見た。楕円を縦にした形状のオレンジ色から薄い青色へと変化を繰り返す光で、火のようにも見えるがライトのような光にも見える。それは近くを流れる川のまわりにある叢林（そうりん）の五、六メートル上を、駅方面に向かってゆっくり移動していた。

気になってしまった康夫さんは川方面へハンドルを切り、光に近づいていった。

光の中になにか歪な影がある。それが発光しているらしい。

壁のような叢林にぴったりつくように沿って走り、光を見失わないようについていく。

すると、光が急に減速し、ぐんと距離が縮まった――そこで追うのをやめた。

光の中にある影が、裸身の人だとわかったからである。

その人は直立した姿勢で、まっすぐ前を見つめていたという。

「すぐにわかりました。あれはこの世のものじゃないと」

いまだに忘れることのできない光景だったそうだ。

（採用・リライト済み）

燃えるもの

田中（たなか）さんが父親の卓司（たくじ）さんから聞いた話である。

石川県K郡にあるI山の掘り出し現場から、セメント原石を運びだす仕事をしていた。バイパス工事などの都市開発計画により貨物線は廃線となったため、運搬は大型のトラックで複数回に分けて運ぶ。サイロのある加工場までは短距離であるため、運転から下ろしまですべて卓司さん一人で行っていた。

その日の夜、作業を終えて事務所へトラックで戻っていると、近くを流れるA川のうえを大きな火の塊が飛んでいるのを見た。明るくなったり暗くなったりと明滅を繰り返し、水平飛行をしている。

追いかけるつもりはなかったが、進行方向が同じであったため、それを近距離で見た。燃えている人だった。それも、裸のお婆さんである。

ぞっとした卓司さんは、速度を上げてそれを追い越した。

このことを事務所にいた社長に話すと、このあたりは昔、人が消えたり、火葬場から死体がなくなったりという奇怪な事が多くあったという。そうして消えてしまった人が数日後に幽霊として目撃されることもあったらしい。近くの山には火葬場もあるので、卓司さんの見たものは、そこからきたのではないかと真顔で話されたという。

卓司さんはそれ以来、少し遠回りになるがルートを変えて移動するようになった。

グリコ・森永(もりなが)事件のあった年の夏の夜の体験とのこと。

川の散歩（不採用）

一九八四年の夏、八月半ば頃だと記憶しています。場所は石川県鹿島郡の王町です。

当時、僕は受験勉強で抱えたストレスの発散のため、よく夜の散歩をしていました。

近所に川があり、昼間も薄暗い場所なんで普段は行こうとはならないんですが、その日は違いました。というのも、数日前、川の付近で倒れている子供が発見されるという事件があったんです。なにぶん、刺激のない退屈な町なものですから、事件の現場を見てみたいという、なんとも不謹慎な好奇心に駆られてしまったわけです。

川沿いの道はやはり暗くて不気味で、ストレス発散どころか、急にぞくぞくと寒気がし、どんどん不安になっていって、何を見たわけでもないのに叫びたくなるほど怖くなり、居ても立っても居られなくなって、走って家まで帰りました。

後に聞いたのですが、私が川へいった数日前、その川の近くで男の子の霊を見た人がいたそうなのです。ぼんやりと光った男の子が、ふわふわと浮いていたそうです。

私はあの夜、その子供の霊の存在を感じていたのではないかと、今では思っています。

※

寝不足だ。

宿の朝食には、ネギをたっぷり刻んだ味噌汁が出た。おかずは脂ののった白身魚の切り身を焼いたものと、ゴマがたっぷりふられたきんぴらごぼう、キャベツがやたら多いサラダ、生卵と味付け海苔。シンプルだが異様にうまくて、何年振りかに白飯を二杯もおかわりしてしまった。もうすぐ死ぬ者の食欲ではないなと自嘲した。

食後に出されたコーヒー、これがまた感動するほどにうまかった。コーヒーにこだわりなどなかった私が、売っている物ならぜひ買って帰りたいとなり、宿の主人に訊ねた。

「駅前で喫茶店をやっていたマスターから譲ってもらった豆なんです。今は外国でコーヒー豆の農園をやっていて、年に一度、豆を送ってくれるんで、こうしてたまに、コーヒーの好きそうな方にお出ししているんですよ——もう一杯いかがですか?」

お言葉に甘え、私は貴重な二杯目をゆっくりと味わった。

市立図書館へ行く予定だったが、開館時間まで少しあるので大福山へ行った。

高さがあるでもなく、美しい景観があるわけでもなく、登ったところでなんの面白味も達成感もない。思い出のままだった。

私がご神体に悪戯をしようとしたらしい神社がまだ残っていた。

寂れはてた拝殿は枯葉や朽ち木の屑が周りに堆積し、中を覗くと砂埃ですべてが白くぼやけて見える。鳥居の上部中央に神社名を刻む大きな扁額があるが、文字が解読不能なまでに変形しており、異神を祀る祭場のような不気味さを醸していた。

山頂にある火葬場は小さな町工場のような外観で、外装を変えたばかりなのか、白い壁がやたらに陽光をてらてらと照らしつけてまぶしい。

あの晩、大人たちはここで、祖母の入っていない空っぽの棺を焼いたのか。

では、私はなんの骨を拾ったのだろう。

そうだ。私は骨を拾った。壺にも入れた。

だが、それは祖母の骨ではなかったということだ。

事前に用意されていた動物の骨だろうか。そんなもの、そうそう簡単に手に入るものではない。祖母の遺体が消えてからたった二日だというのに、なんなのだ、その諦めの良さと準備の良さは。あの夜の葬儀は、私たちにとってどのような意味を持つ儀式だったのか。

掘っても、掘っても、底意地の悪い謎が湧いてくるだけで得るものはない。

時間もちょうどいいので大福山を後にし、市立図書館へと向かった。

その道中で、昨夜、神目に送ってもらった怪異の事例について考える。

昭和五十九年八月の夜。

王町では、私の身に起きたことの他にも、複数の怪異が目撃されていた。「光りながら飛ぶ裸身の人」「燃えながら飛ぶ裸身の婆さん」「ぼんやりと光りながら浮く男の子の霊」――いずれも、「光りながら飛ぶ人」。

一話、一話は、ただの怪談話である。だがこうして、同時期に起きていた類似する事例を読まされると、ただの怪談話として読み過ごすことはできない。目の錯覚ではなく、実際にそういうものが、あの町を飛んでいた可能性が高い。

「川の散歩」で語られる、光る男の子の霊。この事例を読んだがために私は寝不足になった。「川の付近で倒れていた子供」とは、私のことで間違いないだろう。つまり私は、一部の人たちの間では死んだことにされていたのだ。そして、この地域で目撃されていた「光りながら飛ぶ人」の怪異に組み込まれてしまった――いや、あるいは、私も「失われた一時間」に、光りながら川周辺を飛行していたのかもしれない。

――ますます、わけがわからない。この件からはいったん離れよう。

まずは昭和五十九年八月十六日の夜、自分に何が起きたかを始めから知らねばならない。事件の日付がわかっていることは大きい。最大の手がかりだ。

私の事件は、路上で気を失った子供が無傷で搬送されただけの、田舎町で起きた小さな事件。全国紙に出ることはまずないので、国立国会図書館に所蔵のある数社の地方紙を事件から十日先の日付までを閲覧したが、事件の記事を見つけることはできなかった。

この事件を取り上げたメディアは『さーくる』だけだったのだろうか。新聞には無視されるが、ローカル雑誌には取り上げられるくらいの事件ということだ。

『さーくる』の他の号に事件の後日譚的な記事はないかと探してみたが、昔のローカル情報誌は国会図書館に登録されていないこともある。『さーくる』もそうだった。この手の雑誌はネット古書店でもなかなか出てこず、その地域にある古書店や図書館で地道に探すしかない。地元の図書館でも全号が揃っていないことも多々ある。

しかし、王町に古書店はない。隣町にはあったそうだが、十年以上前に潰れていた。そういうわけで私は、この日を図書館で過ごすことを選んだのだが、残念ながら『さーくる』は一冊も所蔵されておらず、「ひとだまさま」に関する情報も目新しいものは見つけられなかった。次の一例だけである。

「記録および聞き取り調査による俗信　七　疾病に関するもの」『鹿島の俗信と俚諺』

月割れの晩に火の柱が降る。それはみな成仏できぬ死人の亡魂であり、その最大なるをヒトダマサマと呼んでこれに遭うと長患いをするといって忌むものなり。

この「ひとだまさま」は、死人の亡魂のなかでも最大級らしい。「ひとだまのボス」だとすれば、その呼び方にも納得できる。あとは他の文献で見る情報と大して変わらない。この手の俗信では、遭ってはならないものに遭えば、たいてい死ぬか病か不幸になる。「月割れの晩」という暗示的な表現は初見だが、この土地固有の暦なのかもしれない。死人の亡魂を降らす晩とはまた穏やかではない。あるいは、月が割れるように見える天文現象を指していることも考えられるが、私には月食ぐらいしか思い浮かばなかった。

この俗信が疾病に関するリストに並べられていたことは意義深い発見だった。「ひとだまさま」は「病禍」に類する俗信で、「難病」をもたらす存在であるという認識があったことは間違いがなさそうだ。現に私がとんでもないものを頭にもらっているのだから。

この地域に信仰を根差す「神仏」、あるいは「祟り神」についても調べてみたが、人の頭の内に憑いて命を蝕むようなものは見つからない。「ひとだまさま」は「さま」とは呼ばれていても、信仰の対象にはなり得ないものなのだろう。

次に、祖母の遺体紛失事件に関する情報を探してみることにした。

「あの世に連れていかれるぞ」――そう言っていた祖母が連れ去られてしまった。これは申し分なく事件なので、いくらでも新聞記事が見つかると高を括っていたが、収穫はなし。神目の見つけてきた新聞記事が唯一の事件に関連する資料であったらしい。

そこで今度は、新聞記事内で王町の自治会長の言葉にあった「火車」について調べることにした。調査は立ち止まることが一番の無駄だ。戻って一から歩き直して手持ちのネタを掘り下げるのも悪くはないが、まったく別の場所に繋がる道を進むほうが、思わぬ道程を経て目的地へ辿り着けることもあるのだ。

火車を蒐める

子供の頃は水木しげる、佐藤有文、中岡俊哉の妖怪本で育ったようなもので、その頃は本当にある伝承か筆者の創作かは問題ではなく、未知なるものの絵に心惹かれ、分厚い百科本に知らない名前がたくさん載っていることに興奮していた。中高生になると、柳田国男の民俗語彙、民話伝説集、郷土誌といった偉大なる先達の遺産に手を出し、まだまだ自分の知らないものがあるどころか、自分の得た知識は巨多の宝のごく一部であることを知った。より詳細な伝承や、伝承された土地の情報、その土地の人々の営み、死生観、習わし、信仰などを調べることで、かつては我が国にも、不思議・怪異を迷信や戯言と笑わない時代があったのだと知って、感動に打ち震えた。それから現在まで途切れることなく妖怪、怪しい話、不思議な話が好きで、しばしば自分の作品にも組み込んでいた。

「火車」の名前と、その伝承のおおよその内容は知っている。

妖怪の本には必ずと言っていいほど載っているからだ。

日本各地に伝承があり、姿、行動、名称も数例確認している。

その行動は、墓地や葬儀の場にやってきて、生前に悪事を積み重ねた者の死体を奪い去る。またそのような者の死体を地獄へ運ぶ。姿は、その名が表すように、鬼形のモノが引く火の燃え盛る車。俄(にわ)かに現れる雷雲・黒雲。そういった不穏な雲から現れる猫の化け物、化け物じみた太い腕のみが雲の中から伸ばされるケースもある。鬼形のモノのほかに、「火車」が猫の化け物とされているのは、猫に死者との関連をうかがわせる俗信が多いからだろう。「猫が跨(また)ぐと死体が起き上がる」「猫が憑くと死体が歩く」といった俗信が全国的に分布しているが、このような死体と猫を絡める俗信や、猫が元々持つ魔性的なイメージが「火車」の姿を語る際に付随されたものではないかという説もある。

鹿島郡を中心に語られる「火車」の伝承、「火車」に類する話、「火車」と関連づけられそうな俗信などを一挙に掲げる。

「俗信と世間話　付・民間療法」『金円(かねまる)町史（二）　民俗編』

火車——かしゃ。くわしゃ。怪物のこと。葬礼の厄。悪事を働けば、死後は真っ当な弔いを受けることができない。火車が仏を持ち去るからだという。

「葬祭の忌・覚書」『能登・加賀の葬祭一〇〇話』（手先ヨシ嫗語り・再話）

葬式は偉い坊さんがいないとだめだ。カシャから仏さんを守れない。カシャの車に仏さんをのせられてしまったら、おしまいだ。カシャは遠くからでも、仏さんを盗む。長い手を雲からのばして、ひょいと持っていく。盗まれた仏さんは、棺桶に入れて返されることもあるが、そいつはこの世の棺桶ではないから、あけちゃならない。あいちまったら、そこから悪いもんが出る。見つければ、早々に焼くか海に流す習わしだ。

「夜話　その三」『郷土の心——居子山周辺を中心とした』（「加能どくしょ倶楽部」により原話を民話風に再話）

とんとむかし、ご隠居さんがおったとい。ある日、死んだちゅたら、おっきな葬式をやったとい。人に好かれとったから、なげえ葬列ができたと。ほんで山のうえの火葬場に向かったと。空がおとろしいぐれえ黒ぐろなって、だーれも膽つぶしたと。このへんは、よう火車いうバケモンが天からおりて、性根が悪いほとけをオケからさらういうことがあったとい。隠居さんは善い人やったから、みなはフシギやのういうて。

隠居さんは善い人やったけど、畑作りが下手で、畑はいつまでも半熟の籾ばっかで、生きとってもシンダ、シンダいわれとったから、死ぬ前から火車にねらわれとんじょって話だと。そりきりぶっつりなんばそめ。

その他、石川県の郷土史料に見られるカシャ

○火車……葬式の恠（かい）。黒い雲が現れて大風吹く。棺桶の死体は消えている。（中部地方）

○火車……地獄から来る火の車。金に汚い者が死ぬとその佛を地獄へ攫（さら）っていく。年を経て、尾が裂けた猫のあやかし。火車除けのまじないがある（能美（のみ）市、羽咋（はくい）市）

○カシャ……金円村の長者の葬儀の時に棺桶が舞い上がった。見上げると黒雲から火に包まれた黒鉄の手が現れ、長者のホトケサンを持っていった。（七尾（ななお）市）

○名称なし……天ヨリ赤キ化物降（お）リ尸（しかばね）拐（かどわか）ス（石川県）

○火車……大猫。死体を盗みに来る恠物。棺を運ぶ途中、棺にこれがとっつくと、棺が軽くなったり重くなったりする。（南能登（みなみのと））

○火車除け……葬式行列は、木で彫刻した四個の龍の形をしたリュウタツと呼ばれる一尺前後のものに、五尺ほどの棒をさして持ち歩く。これは山犬の害を除くためとも、カシャから棺を守るためともいわれる。（羽咋市）

辞書にも載っている言葉だが、悪い心を持つ老婆は、火車に乗せられて地獄行きだという発想から「火車婆（かしゃばば）」といわれるそうだ。そうなると、祖母もそういう人物であったから「火車」に選ばれたのだという話になる。なるほど、言い得て妙である。

鹿島郡全域にちらちらと「火車」の伝承は見られるが、王町を中心とした複数の地域の地誌を見ると、ある時期から、それらはただの迷信という扱いではなくなっている。ゆえに近代に編纂された郷土史料では、俗信の項に「火車」の名を見ることは減る。こうした奇怪な事件は発生年代が遠ければ遠いほど、「眉唾な世間話」との境があやふやになるものだが、この地域の「火車」伝承は時流に摩耗されたわけではない。「俗信」の項から消えた代わりに、近代事件史に「火車」の名が現れるようになる。昭和初期頃まで「遺体紛失事件」が頻発していたからだろう。

次に掲げるのは、図書館で閲覧可能だった新聞から見つけた記事である。

火車の仕業か

廿一日午後五時頃 鹿島郡 王村字居古田 粟島勘次郎の葬儀にて天俄かにかき曇りウオオと大きな声が響き轟轟と大風起きて棺桶が舞い上がるや勘次郎の仏が黒雲に吸い込まれる不思議があり葬列の人々もオイオイと声をかけて呼び戻さんとするも勘次郎を飲み込んだ黒雲はバチバチ明滅しながら東に消えて了ったと云う、村に伝わる火車と云う化物がやったのだと村人声を揃えるがそれが真なればさても物凄い話ではないか

北明國報　朝刊・明治十四年　八月二十八日

五十代男性遺体が行方不明

十一日午前四時頃、石川県鹿島郡王町二丁目の民家から「家族の死体が盗まれた」と110番通報があった。捜査関係者によると、十日に亡くなった五十代男性を自宅内で安置していたが、未明に紛失していることに家族が気づいた。玄関は施錠されていたが、閉めていたはずの二階の安置部屋の窓が開いており、何者かがそこから侵入して遺体を盗んで逃走したものと見られている。午前二時頃、二階の窓から出ていくライトのような光が防犯カメラに写っており、現在、映像の解析を進めている。

鹿島日報　朝刊・平成十九年　八月十三日

意識不明の男子児童　マンションから消える

十六日午後九時頃、石川県鹿島郡金円町一丁目のマンションの五階の住人から「子供が息をしていない」と119番通報があった。救急隊員が到着すると住人は「子供が消えた」と取り乱した様子で、部屋に子供の姿はなかった。その後、鹿島署の捜査員が駆けつけ、住人に事情を聞いた。住人によると午後八時五十分頃、「まぶしい」という叫び声を聞いて隣室に向かうと、息子（11）が倒れていた。意識はなく、呼吸をしていないので119番通報し、救急隊員が到着するまで息子のそばで声をかけていたところ、なぜか自分も意識を失い、気づくと息子の姿は消えていたという。開けた覚えのないベランダ側の窓が開いていたといい、事故と事件、両方の線を考えて捜査を進めている。

太洋新聞　朝刊・平成二十三年　八月十九日

不明の男子児童か　目撃情報が続出

昨年八月十六日に石川県鹿島郡金円町一丁目のマンション五階の部屋から、住人の男子児童が意識不明の状態のまま行方がわからなくなっていた事件に進展があった。今月三日から十九日までの間に、不明児童と似た男子児童を七尾市七尾港周辺で目撃したという通報が鹿島署に二十件以上あった。同市内に住む男性が、午後十一時すぎに七尾港付近を車で移動中、衣服を身につけずに一人で歩いている男子児童を発見。声をかけたが反応がなく、様子がおかしいと感じ警察に通報。わずかに目を離した間に男子児童は姿を消した。この他にも六件、不明児童らしき子供に声をかけたが姿を消したという通報があった。近隣の防犯カメラで児童らしき姿も確認できたが、不明児童であるかの確認はできていない。着衣を身に着けていないことや、一部の防犯カメラには海からあがってくる児童の姿が映っていることから、事件や事故に巻き込まれたものと見て、その行方を追っている。

太洋新聞　朝刊・平成二十四年　九月九日

もっとも大きな「火車事件」は、大正三年、居子山系の雨戸爾山（あまどにやま）で大規模な土砂崩れが起きた時のものだ。『居古郷古祿』にある記録がもっとも当時の状況に詳しいが、この文献は県立図書館に所蔵された非公開文書であり、その一部を複写したものがネットで公開されているのみである。それによると、この災害により死亡した十六人の遺体が、安置されていた小学校の講堂から一夜にしてすべて消えてしまったといい、「火車」の仕業だとされた。スケールの大きい「火車事件」である。

これらは氷山の一角、この地域ではなぜか、死体が消える事件が多発している。

私の祖母・喜代子も「火車事件」の無数の事例のなかの一つに過ぎなかったのだ。

ショックではないといえば嘘になる。この地で過ごしたのは十年ほど。忌まわしい祟りの刻印を刻まれた禍地だが、生まれ故郷でもある。良い思い出も僅かながらあるのだ。

しかし、まさかそこが、日本でもっとも死体が消える土地だったとは——。

先に挙げた記事の中には、他にも読み過ごせない部分がいくつかあった点も追記しておく。まず、不明となっていた児童が「帰還」したとされる事例。失踪時の児童の生死も曖昧であることから、死体が消える「火車事件」の一例とすべきか難しいが、盗まれたと思っていた人間（死体）が戻ってくる例は希少である。が、目撃されただけで再び見失って保護には至らず、しかも、不明児童本人かどうかの確定もできておらず、結局この新聞記事はオカルト話の域を出るものではなかった。

私は目撃された児童が裸であったという点に注目している。神目の送ってきた事例でも、光をまとった裸身のモノが目撃されているからだ。被服は人がする、人である証の一つだ。何も身にまとわずに彷徨するものは、たとえ人の姿であっても、もう人ではないのかもしれない。行方不明児童はもう、母親と警察が捜している行方不明児童ではなくなってしまったのかもしれない。

この他の気になる点は、事例の中に不可解な「光」があったことだ。『黒雲はバチバチ明滅しながら』『二階の窓から出ていくライトのような光』『「まぶしい」という叫び声』――この地域の「火車」には光る属性がある。「火車」は俗信でも「電光を放つ黒雲」、絵になると「燃え盛る車を引く鬼」「火をまとう猫」。光や火を帯びるなら「怪火」に類する怪異かもしれない。悪い者を連れ去る妖怪「火車」、言いつけを守らぬとあの世へ連れ去る怪火「ひとだまさま」。この二つの怪異は同義と言わぬまでも、なんらかの繋がりがある可能性もあるのではないか。

※

そもそも、「火車」とはなんなのでしょう。
石川県の一部の地域で断続的に起きている遺体紛失事件。
当サイトでは《CASE：KUWASHA》にカテゴライズされる怪異となります。ここには世界中の「死体消失の怪異」の事例、伝承・俗信を類聚していらっしゃいます。ぜひここに、先生による「火車」の考察を入れていただきたいです。

怪異を怪異たらしめるものは、怪異の持つ性質にあります。その性質を分析することで怪異の正体に一歩ずつ近づいていく他ありません。その怪異の正体や真の意味、目的がわかれば、予想もしていなかった場所の扉の鍵が開くことがございます。「火車」の謎を解くことでさらに大きな謎、この町で起きている「何か」が見えてくるかもしれません。そして、そこから先生の被災した祟りの《謎》を解く鍵に繋がることも充分にありえます。

さて、「火車」の特性である「死体を持ち去る」という行動ですが——。

その動機はなんなのか。ここに疑問を抱くところから始めましょう。

各地の俗信にある「火車」は、生前に悪事を働いた者を地獄へ連れていくとされていますが、どうも抹香臭い話です。どんな場でも善・悪の話が出てくるとロクな展開になりません。大抵、話はこじれ、面倒くさくなるもの。SNSがいい例です。悪人を地獄に連れ去るために、化け物が盗むという悪行を働く矛盾も生じていますし、善とはなんぞ、悪とはなんぞの話となれば、それは大変ややこしい。これは死後の世界ありきの〝設定〟。地獄の有無、死生観なんぞを今ここで論じるのも違う気もいたします。

化け物のやることですから、シンプルに化け物らしい動機で考えましょう。

食べたい、という動機からではどうでしょうか。

「死体を盗む」性質に加えて、「食べる」性質を持つ「火車」の事例があります。『遠野物語』に見られる「キャシャ」もその一例です。これは、遠野市の笠通山にいたもので、死人を掘り起こしてはどこかへ運んで行って食べてしまうといいます。

つまり、この「キャシャ」は一応、「死体を盗む」という「火車」の性質はあれ、各地で語られる「葬列から強奪」の他にも、夜な夜な墓地に現れて死体を盗むという「食屍鬼」らしい行動もとっていたのです。

死体を食らう妖怪といえば「魍魎」がありましょう。大陸に由来する山川の精、木石の怪、水の神、或いは妖怪の総称などと属性を跨ぐ曖昧な印象を持たせる妖怪ですが、わたしは墓場から男の死体を引きずり出している、鳥山石燕の絵のイメージが強いのです。耳が長く、三歳児くらい。死人の胆を好む異形。卑屈で貧相で貪欲な姿と性質、そこに石燕の描く浅ましい化け物の表情、これはまさに「魍魎」です。

ここでわたしが彼ら、死体喰らいの化け物に問いたいのは、

「墓地で召し上がりますか？　それとも、お持ち帰りですか？」

ということです。

もし、死体を食べたいという動機なら、昔なら墓地へ行けばいくらでも手に入ったはずなのです。現在は火葬が主流ですが、「火車」は土葬が主流の時代にも葬列を襲い、派手

に死体を盗んでいる。もし、食べる目的でこのような方法を選んでいるのなら、考えられるのは新鮮な死体(にく)が欲しいからという動機になりますでしょうか。化け物も味にこだわるのか、彼らも腐りものを食えば腹を下すことがあるのでしょうか。

それとも、食する以外、他に新鮮な死体を欲する理由があるのでしょうか。

※

神目も意外にヒトが悪い。私の祖母はファストフードか。

神目は「火車」という妖怪の立場から考察してくれたので、私はこれを下地に化け物以外の立場、化け物以外の何かが起こす「事件」として考えてみる。この町で死体が持ち去られる「火車」という事件。そこには、もっと根深く複雑な動機を感じてならない。

この町の「火車」は、あまり派手には立ち回りたくないという印象だ。

人目に触れず、何も壊さず、痕跡もほとんど残さず、そっと死体だけを持ち去る。

熊などの獣なら田畑の作物を食い荒らし、入り込んだ民家を破壊し、足跡と土を残す。人を見れば襲いかかるだろう。だが、いずれの「火車事件」の記事にもそのようなことは書かれていない。窓などを侵入経路に使った痕跡まであった。この町の「火車」は、死体から意識や目が離れている、そのタイミングを狙って、きれいに死体だけを持ち去っている。

こんなことをできる生物は他にはいない。

——人間だ。

怪異を考察する生業を得た者が、もっとも凡庸な発想を早々に持ち出すのは恥ずかしいが、今は伝承としての「火車」ではなく、事件としての「火車」が私にとって問題なのだ。これは遠い昔の妖怪譚ではなく、私も巻き込まれている現代の事件なのだ。

人間が死体を欲する理由を考えてみる。食べる目的は皆無とは言えないが、ここでは百年以上、おそらくもっと昔から、この怪異は起きている。そのような悍ましい食癖を持つ人間の血筋が何代も続くとは考えられない。食を目的とした犯行とするには少々無理がある。では、相手が死者でなければ性的興奮を得られない者による犯行——これも屍人食に並ぶ怪態な病癖であり、そうそう何人も現れるものでもない。それに「火車」事件では、年齢性別を問わず無差別に死体が盗まれている。死体ならなんでもいいという剛の者かもしれないが——。

もっとも考えられるのは、やはり違法的な臓器売買か。事件を知った人間の誰もが頭に浮かべただろう犯行動機だ。だが、私からすれば、これがいちばん非現実的だ。わざわざ新聞記事になるような目立つ真似をせずとも、現代ならいくらでも事件にならない闇の取引ルートが存在するはず。婆さん一人盗んだだけで、そのルート、ブローカー、依頼した組織のすべてを危険にさらすような行為を選ぶだろうか。

いずれにしても、ここ王町周辺で起きている死体盗難の動機としては薄い気がする。

※

先ほどは、デリカシーに欠ける下品な物言いをしてしまいました。ご寛恕願いたく存じます。

「火車」の正体が人で、動機が食である場合についてですが、食思、嗜好以外にも人肉を欲する例がございます。昔は健康を得るために死人の肉を欲する人たちもいたのです。諸国を巡って怪異の実例を集めた『片仮名本・因果物語』という文献に、「火車」ではありませんが、まさに先生の《謎》に沿われてつけられたような題名の説話がございます。

「人ノ魂、死人ヲ食ラフ事　付　精魂、寺へ来タル事」

簡単に略説して述べますと、ある病を患う者が就寝中、墓場の死体を食べる夢を見ます。同時刻、その墓場で彼が死体を食べているところを友人に目撃されるのです。

「バイロケーション」――一人の人間が複数の場所で他者に目撃されるという怪異ですね。昔、その病は人肉を食うことで治癒すると考えられていました。その者には死体を食らってでも病から救われたいという浅ましい心があり、魂が肉体を抜け出て、その願望を自らかなえてしまった、というお話なのでしょう。

彼の病は病型によっては眉や頭髪が抜け落ち、褐色の腫が崩れて特異な顔貌を呈するといいます。死肉の効能を妄信し、夜な夜な死体を盗む姿を見て、人々はその者をなんと呼んだのでしょうか。

臓器売買、難病の薬――死体に医療的価値を見出した者が、金銭や治療目的で攫ったと考えると、正体が人である場合の「火車」の動機としては、いやに頷けます。

※

なぜだろう。

人では成す術のないといわれる不思議でも、残忍、醜悪、無感情さが見て取れる怪異ほど、その正体に人がピタリと当てはまってしまう。人の所業とは思えない行為はたいてい、人しか至らない蛮行だ。酸鼻を極める凄惨なシーンを作る怪異ほど、是は人間の仕業也としておけば、どこに出しても恥ずかしくない立派な理論が立ってしまう。

「火車」は「人」である――は、否定論の発生の少ない無難といえる考察――なのに。なんだか、それでは気持ちが悪い。どうも、うまく嵌まらない。

各地に分布する「火車」の事例の《謎》がすべて同じ答えに行きつくとは言えない。

だから、私はこの地で起きている「火車」という事件をさらに考察すべきだ。
いったん、「火車」＝「人」の思考から離れてみよう。
では、「火車」の正体を自然現象だと考えてみるのはどうだろう。

《葬送時、急に強い風雨が起き、棺が風で吹き飛ばされること》

これも「火車」であると記述する資料もある。尾が二つに裂けた化け猫が現れずとも、葬列を害する嵐・暴風そのものが「火車」ということだ。

人力で棺が運ばれる野辺送りが衰退したのは大正期からであり、当時はこういった葬列を廃止する動きや、夜間に密葬するといった家も出始める葬儀の変革期だった。現代は火葬場まで遺体を霊柩車（れいきゅうしゃ）で運ぶが、これは昭和に入ってからのこと。昔は遺体を火葬場や埋葬場所まで人の手で運んで見送っていた。その最中、天候が大きく変わることもあっただろうし、人々はそれを恐れていたはずだ。火葬場が山の中にあるのなら特に、だ。山の天候は変わりやすい。嵐など来れば最悪である。激しい雨に打たれ、視界を失って滑って転倒、落とした棺から死体が投げ出されることもあっただろう。突風が棺を巻き上げ、死体が投げ出されることも――そういう事態になるのを恐れる人々の気持ちが、葬列に近づく暗雲や、死人に寄り近づく猫の化けたる姿を重ね、「火車」という怪異を生み出したのかもしれない。

※

先生は「火車事件」に「怪火」の性質もあると書かれていましたが、わたしも同意です。ここにきて無理に「ひとだま」と繋げるつもりはありませんが——今ではオカルト否定派の立場で（実はオカルト好きと聞きますが）ご活躍をされている大槻義彦教授は、「ひとだま」の正体に迫る名著『「火の玉」の謎』で、「火の玉」の正体として最も有力な説は、空気の原子や分子が電離してバラバラに壊れてしまった状態——プラズマが発生しているものと唱えています。その意見に諸手を挙げて賛同するわけではありませんが、過去に目撃され、「ひとだま」と呼ばれた発光体には、このような科学的分析で説明のつくものも多かったのではないかと推測します。

それは「火車」においても言えることでしょう。「火車」の姿、あるいは出現の前兆として「黒雲」があります。嵐のような大風を伴うことから、雷雲と考えて間違いないでしょう。雷雲は稲妻というプラズマを発生させます。はからずも大槻教授のいう「ひとだま」の発生原理と同じなのです。

猫も怪火を灯すという記述があるのをご存じでしょうか。

『万宝全書』という百科全書には、「純黄赤毛の猫の多くが妖をなす」とあります。暗室で猫の背の毛を手で逆に撫でると光を放ち、火を点じたようになるといい、これは怪をなす兆候を示すものだとか。静電気だとは思いますが——ともあれ、このような記述を見ますと、「火車」の「火」とは、どうも燃え盛る火ではなく、電気、雷光、電光のように思えます。ですから、「火車」が自然現象という見方もたいへん面白いと感じました。

この現象に抗った人たちがいた、そんな記録がございます。

編著者不詳、一六八七年に出版された『奇異雑談集』には、「越後上田の庄にて、葬りの時、落雷きたりて死人をとること」という、現在の新潟県魚沼郡で起きた「火車事件」があります。雲東庵という寺の檀家が死に、その葬列が山頂に着こうという時、激しい雷雨が起き、一叢の黒雲が棺の上に降りて、死人を摑んで上がっていきます。行かせてなるかと長老が死人の足につかまりますと、一丈ばかり上がって、四、五間ほど横に移動し、死体とともに落下したといいます。また、魚沼の人々の生活を書いた随筆『北越雪譜』には、火の玉となって棺を襲った化け猫を和尚が追い払う話があり、この和尚の袈裟は「火車落としの袈裟」として、寺の宝物殿に展示されたそうです。

これら魚沼の話は「火車」という怪異の通性「飛行」に対し、「下ろす」という行為をしているところが興味深い点です。しかし、この「下ろす」という「火車」への対抗手段が、果たして本当に有効であるのかということを考えさせられる話があります。「火車」

の名がないことと、発行部数の少ない機関紙の一記事であるため、『ボギールーム』でも長らく見逃していた話となります。

葬攫い

昭和の頃の話である。近所に住む植木職人が亡くなった。死亡通知を受けた海野さんは、準備をして喪家へと向かった。

この地域では葬儀委員長という役割の人が仏事の準備、僧侶の接待、香典受付といった役割分担を決める。海野さんは仏事の一切の準備をする仏前係を委嘱された。

「リョウさんよ、あんだ、めっそう痩せっちゃねぇ。安らがにねぇ」

海野さんは仏様に合掌させ、数珠を持たせる。胸元には魔物除けの短刀を置いた。

この町では昔から、「猫の化」が仏様に憑いて仏様を動かし、その体ごと地獄へ持ち去ってしまうという物騒な俗信があった。刃物は魔物が嫌うので置くのだが、これだけで安心はせず、獣の猫が仏様に近づくこともさせぬよう常に目を光らせていた。

夜伽の晩、交代で安置部屋に見にいった。この家では猫を飼っていたので、仏様のそばに猫が寄ってきてはいないかを確認するためだ。

翌晩に無事、納棺を済ませ、明けた朝の空は予報になかった雨天である。

涙雨であろうと空を恨むものはない。

別れ花が終わり、棺の蓋を閉め、棺が霊柩車に運ばれる——その時であった。

空が急に暗くなって、冷たい突風が吹きつけた。

みたことがないくらいの分厚く黒い雲が空に広がっていた。

海野さんと数人がすぐに動いて、ぐらぐらと揺れる棺を押さえた。

がたがたと音が鳴りだす。棺の蓋が浮いている。打ち込んだ釘が緩んだのである。

蓋を押さえようとしたが遅かった。

板が砕ける音がし、糸の切れた凧のように棺の蓋が突風に煽られて宙を舞った。

すると今度は、女性たちの悲鳴が上がった。

棺から仏様が立ち上がり、バンザイをしたからだ。

「リョウさん！　生ぎでらど！」

誰かが叫んだ。生きているわけがなかったが、仏様はまるで空へ飛び立とうとしているかのような姿勢で棺の中で立っていた。風で首が激しくがくがくと揺れていた。

海野さんは「リョウさんが持っていかれる」と直感し、仏様の片足を摑んだ。

そばにいたリョウさんの甥が、もう片方の足を摑んだ。

近くの林で折れたものか、葉を沢山つけた太い枝が海野さんたち向けてものすごいいきおいで飛んできた。顔に来たので海野さんは「わっ」と手を離してしまい、慌てて摑みなおそうとしたが空を切った。

顔を上げると仏様はもう消えており、砂を巻き込んだつむじ風の尾が山のほうへ去っていくところだった。それからすぐ風は嘘のように止んで静かになった。

その場から消えたのは仏様だけでなく、足を摑んでいた甥もいなくなっていた。当然、葬儀は中止。町の人たちで仏様と消えた甥の捜索をした。

その日の夕方、甥だけが遺体で見つかった。

ブナ林に奇妙にねじ曲がった一本があり、その枝に引っかかっていた甥は、両腕の肘から先がなかった。不思議なことに、どこかに引っかかってもぎとれたようには見えず、まるで以前からそうであったように、腕の断面はつるりと皮膚が覆っており、どこからも出血はしていなかった。

――これは平成十四年五月、介護老人福祉施設内で海野さんがS大学風土研究同好会の方々に話した実体験で、大学所蔵の機関誌にも載っている。

※

とても自然現象がなしたとは思えぬ衝撃の結末。この事例からは、「火車」の正体について、これまで論じられなかった奇抜な考察ができるのではないでしょうか。

また、この話は「猫の化(け)」の前振りがなければ、死体が起き上がって飛んでいったという、別の怪異として認識されていた可能性もある点を付け加えておきます。

次のケースは、さらに「火車」の要素は薄まります。

飛び降りではない

六年前にデザイン事務所を構えた川村(かわむら)さんは、有名企業のウェブサイトのデザインや、若者向けのファッションブランドのロゴデザインを手掛けるなど、多くの実績を持つ。

少数精鋭のチームなので、基本、スケジュールはタイト、イベント系の仕事は納期厳守なので期日が迫るとオフィス内には殺伐とした空気が満ちる。

コピーライターのTの様子がおかしくなりはじめたのは、そんな頃だった。

独り言が多くなり、目が虚(うつ)ろで、顔色も悪い。

さすがに心配になった川村さんは、大丈夫かと声をかけ、穴埋めはなんとかするから、無理なようなら少し休んだ方がいいと伝えた。Tは、大丈夫ですと無理に笑顔を作った。

この日の午後、Tは突然、大声を上げて、自分のノートパソコンを両手で掲げたかと思うと床に叩(たた)きつけた。そして、社員たちの見ている前で窓に足をかけ、飛び降りた。

オフィス内はパニックになる。女子たちの悲鳴。窓に駆け寄る社員たち。

オフィスは六階である。無事で済むはずもない。川村さんは救急通報しながら窓から下を見たが、Ｔの姿は確認できない。

社員が下に降りていったので川村さんも通報の電話を繋いだまま遅れて下へ向かったが、先に降りた社員たちは立ち尽くしている。川村さんも、すぐにおかしいことに気づいた。

オフィスの入っているビルは人通りがそれなりにある通りに面して建っている。人が転落すれば大騒ぎになるし、人だかりもできているはずだ。誰かが巻き込まれているかもしれないという最悪のケースも考えていた。しかし、人々は何事も起きていないかのように通り過ぎていく。何事も起きていないからだ。転落したはずのＴの姿はない。

六階の窓の下には、途中で引っかかるような迫り出した部分もない。

奇跡的に怪我が軽く、この場を立ち去ったのか。それでも人目には触れるはずである。どういう状況なのかわからないが、救急要請は取り消さなかった。たまたま転落時に目撃者はなく、大怪我をした状態で近くの路地にでも倒れている可能性もある。

救急車両は五分ほどで到着したが、誰も搬送せずに帰っていった。

現場に負傷者がいなかったからである。

Ｔが無事であったとしても、まともな精神状態ではなかった。事故や事件を起こす可能性もあると考え、警察にも一部始終を話した。Ｔの家族にも連絡をした。

こうして、Ｔは姿を消してしまった。だが、これで終わりではなかった。

その後に出てきた意外な証言により、この不可解な出来事は「飛び降りた人間が消えた」わけではなかったことが判明したのである。

川村さんと一緒に事件を目撃していた女子社員二人が、こう証言している。

「Tさんは飛び降りてなんかいない」と。

窓から飛びだした彼は、吸い上げられるように上へと向かったのだそうだ。

※

死体ではなく、生きた人が持ち去られたという話なので、もはや「火車」ではありませんね。昔なら「天狗(てんぐ)」による拐かし(かどわかし)、現代なら異星人による誘拐(エイリアン・アブダクション)でしょうか。

この話は蛇足でした。少しでも先生の《謎》を解くお力になれればと思ってのことなのですが、わたしの当て推量、揣摩(しま)憶測が先生の考察の邪魔をしてはいけません。

そういうわけで、今日はこのへんで終い(しまい)とさせていただきます。

先生は今夜、同窓の方の参加する葬儀を見に行かれるのでしょう?

祖母君の葬儀の記憶を喚起せんがため、真夜中の葬礼に。

老婆心ながら、できれば礼服は用意しておいた方がいいと思います。

祖母君の葬儀同様、明かりもなく、会話もほとんどない儀式ならば、少しくらい顔を見られても気づかれる心配もないとは思いますが、さすがに普段着では不審がられましょう。

先ほど調べましたら、そこからですと少し遠いのですが、国道〇〇〇線沿いの薬局の向かいに紳士服の店があります。そちらで礼服をお買い求めになってはいかがでしょうか。

差し出がましいこととは存じますが、これも、先生の身を案じてのことなのです。

先生のご生地に非礼なことを申してしまいますが、王町とその周辺地域は、なにやら得体の知れぬものを孕んでいる、そんなにおいがいたします。一見、どこにでもある地域コミュニティのようでも、時代に不適な古き因習を頑迷に守り続け、そこに踏み入る余所者を疎外し、敵視する人々の集まりとなっているやもしれません。どこからが触れてはならぬのか、どこからが踏み込んではいけない領域なのか、四六時中、陋居（ろうきょ）に籠り居るわたしには判断がつきませぬゆえ、どうか、先生が見極めてご判断ください。

これは、先生の《謎》なのですから。

其の五　ろくろ首考

次の〝取材〟まで時間があるので、改めてかつての我が家へ行ってみた。

現在の家の所有者について調べてみると所有者不明土地になっていた。それは我が家に限らず、川沿いに点在する廃れた家々のほとんどがそのようだった。

人目がないことを確認し、数十年ぶりに玄関の敷居を跨いだ。

家のなかは思いのほか荒れておらず、私たちの置いていったものが、わずかにだが、ほぼそのままの状態で残されていた。シールをべたべた貼って母親に叱られた簞笥、埃をまとってサンタの顔のようになった振子時計、トイレのタンクに飾られた造花。みんな、なんで置いていったのと、恨めし気に私に訴えかけているようだ。

玄関から入った時、廊下を歩いた時、階段を上がった時、もう思いだすことなどないだろうと思っていた光景が次々と蘇った。玄関に立つだけで、おっかない顔の祖母に捕まって、「ひとだまさま云々」と脅かされたあの日々の残像がここにはあり、私に残るうっすらとした記憶にじわりじわりと色がついていく。そこに懐かしい家族の団欒の声や当時の生活音の記憶が入ってきて、霞(かす)んでいた遠い昭和の光景が精彩を取り戻していく。

二階の私の部屋には、置いていったのか、箱詰めをし忘れたものか、私の通知表や身体測定の記録、夏休みのラジオ体操の皆勤賞の賞状などが押入れに残されていた。

これは持って帰らねばと埃をはたく。

陽(ひ)の傾きがはやくなってきて、家の中の影が濃くなっていく。

もう少しだけ、思い出を拾っていきたかったので、私は窓際に座って小学生の頃の自分を知ろうと押入れから見つけたものを読みだした。そこには、私がどういう子供だったのか、数字や〇や△や×の評価で記録されている。美術と国語だけがよくて後はダメだった。

身体測定表を見ると、ずいぶんと私の体は小さくて貧弱だったのだなと改めて思う。

背の順は一番前が定位置だった。それを今、人に言うと信じられないと言われる。

無理もない。今の私の身長は百九十二・五センチ。

担当編集に聞いたら、文壇で二番目に高いのではといわれた。一番は大先輩の某ハードボイルド作家だが、あの人は横にもでかい。

私の身長は、ある時を境に急激に伸びだした。

いや、あれは成長などではなかった。無理やりに引き伸ばされたというべきか――。

そうだ。中島修吾(なかじましゅうご)は――彼は今、どうしているのだろうか。

柱の傷

《お知恵を拝借させていただきたく》

この切実な件名で送られてきたメッセージには、中島修吾さんの身に現在も進行中だというひじょうに心配な異変についての報告が書かれていた。

五年前、実家から電話があり、父親から奇妙な報告を受けた。

柱の傷が増えているという。

実家は昭和五十年に建てられた二階建ての一軒家で、一階には父親がこだわって作った立派な和室がある。この部屋の床柱には黒ずんだ傷がいくつもついている。父親がつけた修吾さんの成長記録である。

修吾さんが高校生になると、この習慣は自然になくなったが、先日、ふと見ると、柱の傷が増えていたというのである。

なにか悪いことの起きる兆しかもしれないから、一度、実家に帰ってこないかというのだ。

修吾さんは七年前にがんで母親を亡くしている。妹は結婚して海外に住んでおり、当時、父親は実家に一人で暮らしていた。急に寂しくなることもあるのだろう。だからといって、

「柱の傷が勝手に増えていた」なんて奇妙な理由で呼び出されても、じゃあ帰るよとはならなかった。それに、修吾さんは当時、劇団に所属しており、毎日稽古とバイトで忙しい日々を送っていた。だから、しばらくは無理だよと答えた。

父親はひどく落胆した様子だった。さすがに可哀そうになり、年末年始には帰るよと約束したが、その年は帰れなかった。次の年も。その次の年も帰れなかった。

「いつ帰れるんだ」と父親は催促の電話をかけてきた。柱の傷がどんどん増えていくので、恐ろしいというのだ。

「これは普通じゃない。おまえ、本当に大丈夫なのか。最近は心配で夜も眠れないんだ。なにも、寂しいからデタラメを言ってるんじゃないんだよ。本当に心配なんだ」

わかっている。

だから、なおのこと帰れなかった。

この頃はもう、柱の傷の話を父親の作り話などとは思っていなかった。

なぜなら、高校三年生の頃に測った百七十二センチで止まっていた身長が、ここ数年、異様な勢いで再び伸び始めていたからである。

父親が柱の傷を発見し、心配して電話をかけてきた五年前。その時は気づくどころか気にもしていなかったが、おそらく、その頃からこれは、修吾さんの身に起こっていたのだ。

現在、実家の柱の傷の高さは二メートル十八センチ。

これは、修吾さんの現在の身長でもある。そして、この成長は今も続いている。
しかも、伸びているのは首だけなのである。

※

「柱の傷」は、七年前の夏に刊行された「怪奇実話系」の雑誌に私が書いた「実話怪談」である。「実話怪談」と題されるものに話を書く際、話の提供者の名は仮名にしているが、この話は本人の希望で本名を使用した。本人にお会いしたことはなく、話はメールのやり取りでうかがった。私は「実体験」「実際に聞いた話」「実話」として提供してもらった話を「実話怪談」として書く。提供された話の真偽を探るようなことはしない。提供者が「本当だ」というものに、提供してもらう側が「本当ですか?」と聞くのはあまりに礼を欠くからだ。だから、この話に関しても立証できるものを希望したわけではないのだが、提供者は現在の身長がわかるようにと、ご本人が比較できるものと並んで撮影した画像をいくつか送ってくださった。顔を隠す形で掲載許可を頂けたのも幸いであった。

初稿ではタイトルは「ろくろ首」であったが、あまりにセンスがなく、また「ろくろ首」という怪異からはかけ離れていると判断し、「柱の傷」に修正した。

※

中島修吾様

ご無沙汰しております。

桐島霧です。おぼえていらっしゃいますでしょうか。

『怪奇実話雑誌　大怨霊マックス』では、たいへん貴重な体験談をご提供していただき、ありがとうございました。

もう、七年も前になるのですね。その後、お身体のほうはいかがですか。

本日は、折り入ってご相談したいことがあり、メールいたしました。

以前、ご提供してくださった柱の傷の話についてなのですが、今一度、取材をさせていただけませんでしょうか。

あの時は、なんのお力にもなれず、それがずっと心残りでした。なんだ今さら、と思われるかもしれませんが、今度こそ、その症例の謎を一緒に解きませんか？

可能であれば直接お会いして、お話をさせていただきたいのですが、いかがでしょうか。

不躾なお願いであることは重々承知しておりますが、ご連絡いただければ幸いです。

それでは、よろしくお願いいたします。

※

私は改めて「柱の傷」の話を聞かねばならないと考えていた。執筆当時はなぜか気にも留めなかったが、今になって私の子供時代の急激な成長との関連が気になりだしたのだ。だが、なにより私が知りたいのは、中島修吾、彼の現状である。図書館で「死体紛失事件」の新聞記事を探していた時に、次のような記事を見つけていたからである。

ドキッ！ 真夏の妖怪談「わたしはロクロ首を見た！」

今月七日の午後六時頃から、鹿島署に「ロクロ首を見た」という通報が相次だ。通報があったのは深茂町、王町、白面村の住人からで、「首の長い男の人が歩いていた」「ロクロ首がスーパーで買い物をしていた」「杉の木よりも背の高い人影を見た」「スレンダーマンみたいな影が山から下りてくるのを見た」など、首の長い人間や背丈の異様に高い人間が目撃されていた。それぞれの通報時刻はほぼ変わらないが、深茂町と白面村では十三キロと距離が離れているため、同一人物が目撃されたのではなく、同時にそのような人物が現れたと考えられる。スレンダーマンとは二〇〇九年にアメリカの電子掲示板サイト「サムシング・オーフル・フォーラム」で生まれたとされる、異様に身長が高い、顔のない黒い怪人のことである。古来より伝わる日本の妖怪とアメリカの都市伝説的怪物の出現は今後、北陸を震撼させる大厄災の兆しなのかもしれない。

二〇二〇年四月六日　七面『かなざわスポーツ』

※

娯楽性重視のゴシップ記事が多いことで知られる新聞なので、すべてを真に受けるわけではないが、少なからず「ろくろ首」のイメージを重ねながら「柱の傷」を書いていた私は、王町周辺で目撃された「首の長い人」の中に、彼もいたのではないかと考えたのだ。

今から書くことは、中島修吾からの連絡があり次第消すつもりだが――。

実は「柱の傷」の提供者である中島修吾は王町出身である。

これは偶然ではない。

彼と知り合うきっかけを作ったのは私の父なのである。

父は中島修吾の父親と同窓で、小中学校はほぼクラスが同じだった。私が実話怪談のネタがなくて困っていた時、父が「あいつならそういうネタがあるかもな」と数十年ぶりに連絡を取ってくれたのだ。しかし、中島の父親は数年前、喉にポリープが見つかって以来、声が掠れるようになり、電話口での言葉が聴きとりづらかった。そこで息子・修吾の連絡先を教えてくれた。小さい頃から話して聞かせているので彼から聞いてくれと。

私の父は別に中島修吾の父親と仲が良かったわけではないらしい。中島修吾の父親は子供の頃は大嘘つきで有名で、仲間はずれにこそされなかったが、誰も彼の話をまともに聞いていなかったという。実話を集めているのに嘘つきを紹介したのかと怒ると、「本人が嘘だといわけなりゃ実話でいいじゃないか」と身もふたもない言葉を返された。

いきなり電話もどうかと思いショートメールを送ると、すぐに返事が来た。話は聞いている、できればメールでやり取りをしたい、とのこと。それから何度かメールでやり取りしたが、どうも中島修吾も父親の虚言癖には辟易しており、確かに怪談じみた話もいくつか聞いたが、嘘だと思って聞いていたからか、ほとんど覚えていないという。

怪談でなくともいいから、なにかないかと食い下がると、ぽつりぽつりと出してくれたので、そこから見繕い、切り取り、繋いで、「柱の傷」を書いたのだ。

つまるところ、「柱の傷」は半分以上が真実ではないのである。

柱の傷が増えるというエピソードも、怪談でも何でもない。彼の父親の勘違いだ。だが、問題はそこではない。父親が彼に語った話によると、彼は小さい頃、大福山でＵＦＯに攫われかけたらしい。空から降り注ぐ謎の光を浴び、ふわふわと宙に浮きあがる彼の両足を、父親は必死に摑んで引きずりおろしたそうだ。すると、ＵＦＯは目の前に着陸し、中から金星人を名乗る者が降りてきて、このことは他言しないようにと口留めすると去っていったのだという。それからなぜか、中島修吾は異様な早さで身長が伸びていったそうなのだ。さすがにこのままは書けないので、怪談らしく大幅に脚色したというわけだ。

経緯の真偽はさておき、彼の首が「ろくろ首」の如く伸び続けていたこと、そして、『お知恵を拝借したい』と願われたことも事実である。彼は自分の症例について、この先、自分はどうなっていくのか、切実に知りたがっていた。私は何も協力できなかったが。

ここに来て、新たに怪異の名が出たので、『ボギールーム』のデータベースを閲覧する。ここなら、中島修吾のような異常成長の事例も見つかるかもしれない。

「ろくろ首」――このお化けは「首の長さが伸びるもの」と「胴体から首が離れるもの」の二タイプがある。子供の頃は、「ろくろ首」といえば首をにゅうーっと伸ばして驚かしてくるお化けのことだった。だから、中学生になって、ちょっとだけ読者年齢層の高いお化けの本を読んでいたら、首が離れて飛ぶものも「ろくろ首」なのだと書かれているので困惑したものだった。むしろ「ろくろ首」の原型(プロトタイプ)は、首が体を離れて飛ぶタイプのほうで、由来は中国にあるそうだ。

唐(とう)代の書物『南方異物志(なんぽういぶつし)』には、嶺南(れいなん)に「飛頭蛮(ひとうばん)」なるものたちがいると書かれている。これは人の姿をしているが、首筋に赤い傷痕があり、夜になると耳を翼にして頭が飛び、虫を捕食して暁に帰ってくる。説話集『太平広記(たいへいこうき)』にも、胴から頭が離れて飛ぶ者があり、夜になると病人のような状態になって頭が体から離れ、外でカニや蚯蚓を食べて戻ってくるが、本人は夢から覚めたような感覚で腹は満たされているとある。

私はキーを打つ手を止め、パソコンの画面を食い入るように見つめる。

《CASE：ROKUROKUBI》のカテゴリー内に、気になる言葉を見つけたのだ。

——離魂病。


「ひとだま」の考察で、生死をさまよう病人は生きたまま魂が遊離することがあると書いた。ここでは、「ひとだま」は一概に「死者」の霊魂だけともいえないという話をしていきたい。

人の魂であるという前提で、民俗資料などに採集されている「目撃談のあるひとだま」は、おおまかに次のいずれかである。

（一）死亡した人の肉体から離れている状態のもの。
（二）まだ生きてはいるが、危険な状態にあるために肉体から離れているもの。
（三）死の予兆として、不幸の数日前にあらわれるもの。

（一）は、肉体が死んで、魂は肉体から離れるしかなく、もう戻ることのできない状態。

すなわち、死だ。(二)は、大怪我や病気などの理由で弱っている肉体から魂が離れてしまっている状態。生きている肉体はあるので戻ることはできるが、戻っても肉体が弱った状態のままなら、魂は幾度も遊離を繰り返し、やがては肉体が力尽き、戻る場所がなくなる。(三)は病や怪我で数日以内に死ぬかもしれない人や、不慮の事故で死を迎える運命の人の魂、あるいは、不幸の兆しとして現れる妖怪火である。

自由に、とまではいかないが、魂は「行って戻ってくる」こともできるということだ。

次のような昔話がある。

昔むかし、太郎と次郎の二人が山で仕事をしていた日のこと。

そろそろ休憩でもとるかと二人がゴロンと寝転がると、さっそく太郎が鼾(いびき)をかきだした。

すると太郎の鼻の穴から、もぞもぞと一匹の蜂が現れ、飛んでいった。

不思議なことがあるものだと次郎が感心していると、さっきの蜂が戻ってきて、今度は寝ている太郎の鼻の穴に入っていく。そこで太郎は目を覚まし、次郎にこう話した。

「今、オラは夢を見てたんだが、宝の在り処(ありか)がわかっちまったよ」

「へぇ、それはたいしたもんだ。では、その夢をオラに売ってくれ」

びっくりしている太郎の手に、次郎はお金を握らせた。そして、買った夢を手掛かりに宝物を見つけだし、次郎は大金持ちになって幸せに暮らしましたとさ。

これは「夢買い長者」という致富譚である。

私はこの昔話を「霊魂」を本質的にとらえた話だと考えている。男の鼻から出てきた蜂を、この男の魂だと考えてみてほしい。蜂が鼻から出ていくのは魂が肉体から遊離しようとしている状態で、蜂が鼻の穴のなかへ戻ると男が目覚めたという場面は、魂の帰還による復活を彷彿とさせる。べつに鼻から出るのは、ふわふわとした魂でもよかったのだろうが、蜂のほうが物語として面白い。

こうした、睡眠中や睡眠前に意識が肉体から離れていく感覚になる現象で、広く知られているのは、「幽体離脱」「体外離脱」と言われる現象であるが、無意識状態で肉体がさまよいだすという現象もある。

夢中遊行症——夢遊病として知られる睡眠障害である。

別名を「離魂病」というらしい。

魂が離れる病。「ひとだま案件」かと反応したが、あながち間違ってはいなかった。

これは先の睡眠障害を指す名称というだけでなく、魂が肉体から抜けだし、「もう一人の自分」が現れるという「影の病」の呼称でもあるそうだ。

この「離魂病」が、「ろくろ首」と呼ばれる怪異の正体ではないか、あたかもそう明言しているような逸話が古い文献に少なからず見つかる。

江戸時代の怪談集『曾呂利物語』から「女の妄念迷ひ歩く事」を要所のみ載せる。

ある男が沢谷という場所で、石塔の下から鶏が飛びあがり、道に降りるのを見た。だが、それはよく見ると鶏ではなく、女の首であった。

女の首は男を見て不気味に笑うので、刀を抜いてこれを追いかけた。女の首は逃げ、一軒の家に飛び込んだ。すると、その家から女性の声が聞こえてきた。

「ああ、こわかった。たった今、夢で沢谷を通っていたら、男が私を斬ろうと追いかけてきたんですよ。家の中に逃げこんだところで夢から覚めました」

これは女の妄念、迷いの心が就寝中に本人から抜け出て、外をさまよい歩いていたという話である。外をさまよっていた首は彼女の魂であり、彼女の分身のようなものである。首が胴体から離れていたのか、魂が自身の頭部の姿となって遊離していたのかはわからないが、このような「人の首」のみが移動する怪異譚は国内外問わず多い。

わが国で有名なものはラフカディオ・ハーンの「ろくろ首」であろう。普段は人の姿で生活をしているが、夜になると体から首が離れ、飛行しながら移動する。その間、胴体は、さながら首を切断された死体のようだが、血もまったく流れておらず、首の断面を見ると切断されたような傷もない。これを退治するには、首の戻るべき胴体の位置を動かしてしまえば、もう二度と胴体には繋がらず、死ぬという。

体から離れることはできるが、戻れぬと死ぬというのは魂と同じだ。そう考えると、首の長い姿で描かれる「ろくろ首」は頸部が伸びているのではなく、魂と肉体を繋ぐ魂の緒がそう見えているのかもしれない。いわば、魂の命綱だ。

自分から自分が離されて、戻れなくなる――私の持つ「恐怖のイメージ」と「ろくろ首」という怪異は似ている。

同じく『曾呂利物語』から「離魂と云ふ病ひの事」という話を付記する。

> ある夜、妻が厠へ立った。
>
> しばらくして戻ってきた妻は、戸を閉めて、床に入った。
>
> すると、女の声がし、誰かが戸を開けて部屋に入ってきた。
>
> それも、妻だった。
>
> 不思議に思って夜明けを待ち、妻と妻を二か所に分けて詮索した。だが、どちらにも疑わしいことはなく、どちらも妻に思える。
>
> ある者が一人は疑わしいというので、そちらの首をはねた。だが、それは妻であった。
>
> では、もう一方が化け物だったかと斬ったが、そちらも妻であった。
>
> 死体を数日おいて観察してみたが、化け物に変わることもない。どちらも妻なのである。

ある人はこれを「離魂の病」だといった。

オカルトの世界で「もう一人の自分」といえば、死の兆しとされる「ドッペルゲンガー」であるが、先のケースはこれには当てはまらない。「ドッペルゲンガー」は自分では認知できても、他者からは認知されないのだそうだ。しかし、先の話では他者が触れることも、刀で斬り殺すこともできるので、どちらも幻ではなく人間であったというわけだ。

これに類似する怪異に「バイロケーション」がある。「Bi（バイ）」は2を意味するラテン語の接頭辞、「Location（ロケーション）」は場所、位置。一人の人物が複数の場所で同時に存在するという怪異で、こちらは他者が認知したことから判明する場合が多い。

私は「ひとだまさま」の俗信にあった、不可解な表現を思いだしていた。

「ひとをまねろ」「顔を見るな」「外で会えば顔似るものあり」

私があの夜に見たものは、もしかして――。

ノートパソコンを閉じ、横になった。考察はここまでにし、時間まで休んでおこう。

斜陽が差し込んで、天井に影の階調ができる。昔も見ている光景だ。目をつむると、涼しい風とひぐらしの声が、私を子供の頃にタイムスリップさせる。眠気がやってきた。

仮眠をとっている間、私の首が勝手に飛んでいかないことを祈るばかりだ。

其の六　真夜中の葬礼

四、五十人ほどだろうか。夜の山道を礼服姿が連なっている。

先頭に提灯を持った導き手。黒い布で包んだ黒い棺を複数人で運び、その後ろに黒い服の人たちが続く。黒一色の行列は山頂の小さな火葬場にゆっくりと向かっている。

会話はない。呼吸と衣擦れと湿った土を踏む音だけである。行列の横には懐中電灯を持った者たちがいて、行列の足元を照らす。みな、ぼんやりと照らされる足元を見ながら歩くので、自然と背中を丸めて俯く姿勢となる。葬送者たちは死出の山へ赴く亡者に見える。

私は大福山の入り口付近の林に身を潜め、葬列がくると何食わぬ顔で最後尾についた。

黒い行列が少し長くなったくらいでは誰も気づかない。神目の助言に従って礼服を用意しておいてよかった。はじめは遠目に見るくらいにしておくつもりだったが、この様子なら火葬場までついていっても問題なさそうだ。

私は今、この葬列が運んでいる棺の中に関心がある。それこそ「火車」の思考だが、正しくは棺の重さが気になるのだ。

あの棺は、ちゃんと重いのだろうか。人一人分の重みを納めているのか。

この夜の葬礼が他の地域の習俗にもあることを、私は最近になって知った。

香川県綾歌郡では「夜葬礼」といって、子供の葬儀は夜にやるものだった。死んだ子に着物や脚絆をつけ、泥瓶に入れて蓋をして埋めるとその上に土を盛り、六角塔婆を立てる。埋めた子供が蘇りはしないかと、親は何度も確認しに行ったそうだ。

熊本県飽託郡では「真暗葬礼」という。これは「河童」の犠牲者を弔う変わった葬礼で、入棺時に床下に渋を流し、蠟燭も提灯もつけずに葬式を執り行う。「河童」は犠牲者の胆を湯灌の湯で洗い、火葬の火で燻して食うと考えられ、これをやられると次もその「河童」は人の胆をとるので、それを防ぐための儀式なのである。

王町の場合、夜中に弔うのは事故や自殺など、普通ではない死に方をした者である。先頭が灯火を持って火葬場まで先導する。棺は黒い布で包み、アンバンという黒塗りの平板に載せて、これを無言で運ぶ。怪しい儀式のようだが、昔は変死者というのは奇異の目を向けられ、家にとって不都合な噂しか立たないものであり、こうして密やかに弔うことで遺された者たちの暮らしを守る意味があるのである。

――と郷土史には大層まともなことが書いてあるが、私は信じていない。少なくとも、祖母に関しては「まともな葬儀」ではなかった。空っぽの棺を焼き、どこの馬の骨ともわからぬものの骨を拾って壺に入れたのだ。それはもはや葬儀とは言えない。

真夜中に弔われるのが変死者なら、「祖母の死因」という新たな疑問もでてくる。

葬列の先頭が火葬場に着いた。

黒い蛇のような行列が葛折りになって大福山の頂きに蟠る。

それにしても、この町のご老輩はやけに元気だ。歩く様は亡者の行進だったが、傘寿・米寿クラスの方々が少しも休憩を取らず、ペースを落とすことなくここまで辿り着いた。間違いなく彼らは私よりも長く生きるだろう。

私は顔を俯かせ、不自然ではない程度に人との距離を置いた。同窓の大場那奈子もこのなかにいるのだ。三十年以上会わなければ互いに顔を見てもわからないだろうが、油断はできない。

表情のない男数人がサーチライト四基を地面に置き、空に向けて仰角度を調整する。思いだした。祖母の葬儀でもこんなことをしていた。あの時は懐中電灯でやっていた気もする。こんな物を葬儀で使うなんて他では聞いたことがない。王町特有の礼式だろう。おそらくこれは「火車除け」ではないだろうか。棺に刀や鎌といった鉄物を置いて魔から遺体を守るように、空から来る脅威を警戒しているのだ。

「タマヨバイの時間やあ」

最年長と思しき仙人髭の老人の声に人々が集まっていく。

「タマヨバイってなに？」と女性の声。

ありがたい質問だ。きっと彼女が大場那奈子だなと私は思った。

「カヨコちゃんを喚ぶんだよ」と隣の男性が答える。カヨコとは今夜弔われる者の名か。

皆が数珠を絡めた手を合わせ、サーチライトと同じ角度で空を見上げる。皆がカヨコの名を呼ぶ。最初は揃っていなかったが、誰かが音頭をとりだすと読経のような低い声音が重なり合って、そこに数珠の音がリズムを刻む。私もそこに参加する。カヨコという知りもしない女性の名前呼ぶ。その名を復唱していると、その三音の連なりは次第に人の名前の体を崩していき、未知の言語のようになっていく。カヨコ、カヨコ、カヨコ、カヨコカ、ヨコカ、ヨコカヨ、コカ、ヨコカヨコカヨコカヨコ——。女性陣の低い声は魔女めいており、底知れぬ不吉さがあり、まるで邪な神を崇拝する教団の儀式の詠唱の渦のなかに巻き込まれたかのような、異様に緊張をさせる空気があった。そして、またぞろ厭な記憶が蘇る。

私は祖母の葬儀でもこれを聞いていた。キヨコ、キヨコ、と。なんだ、名前も似ているではないか。あの夜は今よりもっと間延びした厭わしい声で、キヨォコォ、キヨォコォと、爺さん婆さんが義歯を浮かせ浮かせ叫んでいた。私がほとんど覚えていないのは、ただ幼かったからではなく、異様極まりないこの記憶を拒絶し、深く深く沈めたからだ。

私は「タマヨバイ」という言葉は知っていた。民俗学周辺でもわりとポピュラーな言葉で、「魂呼ばい」とは読んで字の如く、死者の魂を呼び戻すための古くからある儀式だ。

床や屋根の上で名を呼び、死からの復活を願う最後の呼びかけである。

しかし、こんなに名を呼ばれている本人の入った棺は、いまだ黒い布を巻かれたまま、火葬場の脇でステンレスの台車に載せられて放置されている。誰も見向きもしない。

今が好機と私はカヨコの名を呼びながら少しずつ棺に近づき、台からはみ出ている棺の底部に手をかけ、軽く力を入れた。

簡単に持ち上がる。

空(から)か。

この棺(なか)にカヨコは入っていない。驚きはしなかった。私は至って冷静に、弔うべき体がここにないのは、私の祖母と同じ理由からなのだろうかと考えた。あるいは、王町の夜の葬儀とは、遺体を必要としないのかもしれない、と。

「タマヨバイ」を小一時間やると、参列者は虚(うつ)ろな表情で火葬場の入り口周辺に集まる。さほど高さはないとはいえ、山頂で一時間も大声を出していれば酸素不足になる。朦朧(もうろう)としながら無言で身を寄せ合う光景は不死者(アンデッド)のそれである。白い建物の両開きの鉄扉が軋(きし)みながら開かれ、男たちが棺を台車ごと入口の前に移動させる。遺体なき棺がようやく火葬されるのだ。火葬場の中には一基の火葬炉が口を開けて待っている。

——鼻の奥に、鉄の臭い。

あ。これは、だめだ。どうして今——。

その時、私の耳は「帰ってきたぞっ」という歓喜の声を聞いた。振り返ろうとしたが、できなかった。割れるような頭の痛みが私を襲ったからである。

頭の中の何かが、私の脳容積を無視して暴れだし、私の脳天、つまり、脳硬膜、頭蓋、頭皮の層を一気に突き破って外へ飛びだそうとしているような痛みである。その何かとは、私の脳に宿っているヒ、ト、ダ、マ、サ、マ……あいつに決まっている。あれが、あいつが暴れだし、脱皮でもしようとしているのか、私という殻を乱暴に脱ぎ捨てて抜け出ようとしているのか――そう思わせるような痛みが……痛みの核は間違いなく腫瘍(そこ)だという確信がある。頭の内側からすべてを押し出されそうで、私はまず両手で眼球を押さえた。

「カヨコちゃん、よお、もどってきたね」と歓迎する声が聞こえた。

「きれいな体やないか、よかったな」と涙声が。

「おかえり、おつかれさん」と労(ねぎら)う声も。

カヨコはそれらの声に応えない。他にも喜びの声や嗚咽(おえつ)、いくつかの悲鳴も聞こえた。悲鳴の一つは大場那奈子だ。その悲鳴が伝えているのは、今そこにカヨコ本人が戻ってきているという事実だろう。死者が帰ってきたという事実を目の当たりにし、大場那奈子は恐慌状態に陥っているのだ。そんな彼女たちを落ち着かせようという声もない。

私もこの目で見て、何が起きているかを知りたいが、頭のなかを煉獄(れんごく)の炎が焼くが如き痛みが、それをさせてくれなかった。

首もちぎれそうなほどに痛い。触れられている感覚はないのに、何かに頭を摑(つか)まれ、そのまま上に引っ張られているようだ。痛い痛い、ちぎれるちぎれる。

やめろ、やめてくれ。そんなに引っ張ったら。

「ろくろ首」のように首が伸びてしまうではないか。

私は自分が立っているのか座っているのかもわからない。意識や感覚が分散していくのがわかり、一つのところにまとまらない。この時、私は初めて死を覚悟した。余命なんて所詮、医者による命のどんぶり勘定だ。

私のすぐ背後で何かが強烈に光っている。目を閉じて、手で塞いでいてもわかる。後ろの何かの発する光が、火葬炉のステンレス製のドアに大きく反射し、その光を私は手の平と瞼(まぶた)越し感じているのだ。かなり大きな、あるいは広範囲で広がる、燃えさかる炎のようなオレンジ色の光。だが、背中にまるで熱は感じない。

死への恐怖。混乱。昂(たかぶ)り。ああ、叫びたい。

だが、叫んだ瞬間、とんでもない事態になる予感がした。

どれくらいそうしていたのか。気がつくと痛みは去っていた。意識を失っていたのかもしれない。私は倒れることなく、額にたっぷり脂汗を浮かせ、外側に開いた火葬場の扉の傍らで立ち尽くしていた。

スポットライトは消えていて、代わりに提灯の数が増えている。横長のテーブルが数脚出され、酒や食膳が出されており、そのなかに不穏な形と色をした、大ぶりな蛹のようなものが盛られている。私はそれを記憶していた。祖母の葬儀後に出された食膳にもあったもので、親戚から勧められたが、その見た目に私も両親も手をつけなかった。参列者は皆、立ったまま紙皿を手にし、黙々とそれを口にしている。あんなに叫んでいた大場那奈子も、ぼんやりとした目で提灯に群がる虫を見つめながらもぐもぐと咀嚼していた。

異様な空気と沈黙のなかで行われる精進落とし。そこに、カヨコらしき姿はない。どんな人物かも知らないが、川で溺れ死んだはずの女性がいれば一目でわかるはずだ。では、あの歓迎の声は。あの悲鳴は。あの光はなんだったのか。

錯覚――そう、すべては錯覚と幻聴だ。この世の不思議とされることの多くが、嘘、錯覚、思い込みだ。今のも、私の頭のなかのあいつが起こした錯覚に違いない。脳の中に伸ばした無数の根が聴神経や視神経にまで達し、圧迫して誤作動を起こさせているのだ。

老人たちは喉仏を突き出し、酒をくびくびと呷り、例の不穏な色形のものを食らっていた。その姿に老いは微塵にも感じられない。健康的な白い歯が玉蜀黍の粒のように並び、日に焼けた褐色の肌、皺む皮膚の下で太い血管がびくびくと蠕動し、筋肉が隆々と蠢く。老体の内側から生命力が滾っている。この町の老人たちは異様なほどにエネルギッシュで目もぎらぎらとし、矍鑠としている。それは私と同輩の中高年層も同様で、つねに疲弊を帯びている私と違い、老いとは無縁なタフさを見せつけていた。

同窓の小野(おの)が電話で言っていたことを思いだす。体の弱い妻を王町に連れてきたら嘘みたいに健康になった、澄んだ田舎の空気がなによりの薬だ、と。ただの空気に、そこまでの効能などない。よほど、王町は地域医療が充実しているということなのか。

人が健康である様が、ここまで不気味に映ることなどあるだろうか。

私には、酒と食い物を貪る赤ら顔の老人たちの姿が、酒宴に興じる人食いの鬼に見えた。

火葬場の入り口の前に置かれた棺に視線を向ける。まだ、焼かないのか。

棺からは黒い布が取り去られ、棺桶の蓋が長い白糸のような何かを噛(か)んでいる。

白髪である。

まさか――いるのか。いや、あるのか。あの中に。

皆、飲食に夢中だ。この隙にそっと棺に近づき、底の角を持つ。

重い。だが、人が入っている重さではない。なんだろう、すごく厭な重さだ。

棺の中を確認するか。見ずに、この場を立ち去るか。私のなかでせめぎ合いが起こる。

きっと、ろくなものが入ってない。だが、確かめなければ、また《謎》が増えるだけだ。

棺の蓋の隙間に指をこじいれ、蓋を浮かせて隙間を作る。薬品のような臭いが鼻を衝(つ)く。

音を立てぬよう、ゆっくりと蓋を上げる。慎重にやったつもりだが、思いのほか蓋が重く、力が入りすぎた。勢いよく蓋が上がってしまい、横に大きくずれた蓋は重心を失ってぐらりと傾き、地面に突き刺さるように落ちた。

参列者の顔が一斉に私に向けられた。墨色の凶服に身を包んだ、表情のない顔が。

私はそばにある提灯の一つを摑むと、死に物狂いで山道を駆け下りた。

※

昔ばなしに、「姥皮（うばかわ）」という着物が登場する。

これを着ると若い娘でも婆さんになれる奇妙なアイテムだ。

そのようなものを昨夜、私は見た。

夜の葬列に運ばれていた棺のなかにあったもの、それは人の抜け殻のように見えた。

女性で、着衣はなく、白髪だが、高齢というほどでもない。首の下から腹の下のほうまで線路のような太い縫い痕が続いており、ぺたんこの胸や腹には、骨も内臓も入っていないと一目でわかった。厚みのない顔は空気の抜けきったゴムボールのようで、真ん中がくぼんで器状になっていた。眼球は両方なく、片方の目が赤いのは、頭が潰れることにより後頭部の皮の裏側が眼孔から覗（のぞ）いていたのだろう。もう片方の目はただの穴で、あの場を包みこんでいた夜闇や礼服の色よりも黒く、暗く、絶望的に深かった。

作り物ではなかった。チラと見た手の甲の皺が、人工では作りだせない人生の年輪を刻んでいたのだ。

確かに、カヨコは帰っていた。

なにが起きたら、川で溺れただけの死体があんなことになる？　魚や蟹が中身を食ったくらいでは、ああはならない。まさか、立て看板に描かれていた「河童」の仕業とでもいうのか。真夜中の葬儀は熊本の「真暗葬礼」同様、河童の犠牲者の弔いだと？　いや、昨夜見た光景はそんなものでもない。少なくとも死者への弔いではなかった。もっと異様で、禍々しい、儀式だ。第一、「河童」が抜くのは尻子玉と相場が決まっている。あれは人の外側だけを残し、中身をごっそりと引きぬかれていたのだ。

縫い痕は生前からあったものかもしれないが、多分、死に化粧もされていた。故人に対しての敬意が少しはあったということか。ならば、彼女をあのような姿にしたのは人間だろう。人間に敬意を持てるのは人間だけだからだ。いちばんそれが現実的な考えだ。

あの場に、あの遺体を持ち運んだ者がいたはずだ。だが、車両は見なかったし、エンジン音も聞かなかった。あの遺体は――遺体といってよいかわからないが――どうやって、山の上の火葬場まで運ばれてきたのだろうか。

あの時の光が怪しい。燃え盛る炎のような光だった。

音もなくやってきて、死体を運んでくる、光るもの――。

これまで考察した怪異の中にヒントがないかと考えた。葬儀で起きる怪異ならば、もっとも近いのは「火車」だろう。この町で起きている「火車事件」と真夜中の葬儀が関連していると考えてみたら、どうだろうか。新聞記事の「火車事件」を調べた時、私はスムーズ過ぎる遺体盗難に違和感を覚え、人間を正体とする説を唱えた。伝承の「火車」は葬列の棺を大風でひっくり返し、衆目の集まるなかで死体を奪い去るという派手さが売りの怪異だが、現代の「火車」は人目に触れず、痕跡も残さず、誰も傷つけずに静かに死体だけを盗んでいく。あまりにスマートで、スムーズすぎて、怪異らしくないのだ。

そもそも、盗まれているという観点からして違っているのかもしれない。

町の中に複数の協力者がいて、死体を盗ませているとしたら——それこそ、誰が、なんのために、という話になるが、なくはない考えだ。この町はおかしい。祖母の死体が盗まれて、たった二日しか経(た)っていないのに空の棺を火葬した親族たち。抜け殻で返ってきた遺体を喜んで受け入れ、酒宴に興ずる昨夜の葬儀の参列者たち。町ぐるみとまではいかずとも、「火車事件」の秘密を知る者が町内に複数いる可能性はじゅうぶんにある。

——いや、おかしいのは私のほうかもしれない。私はこのような想像もしていた。

カヨコは自ら、火葬場まで来たのではないか、と。

彼女は着衣を身に着けていなかった。王町では、発光しながら宙に浮いて移動する「裸身の人」が複数目撃されている。あれは幽霊ではなく、移動中の死体だったとは考えられないだろうか？　火葬場で感じた光も、死体(カヨコ)が放っていた光だったのでは——。

自ら移動する死体。まるでゾンビである。「火車」の正体は猫ともいわれるが、猫が死体を跨ぐと死体が歩きだすといった俗信も、あながちデタラメではないということか。自ら、か。なるほど、そういう見方もあるか。私は完全にカヨコは何者かに中身を抜き取られ、皮だけが返ってきたという考えだったが、自ら脱いだということもあるのか。

いわゆるところの脱皮だ。皮膚は大きく分けて表皮、真皮、皮下組織の三層からなる構造。彼女はそれをまるごとベロリと脱いでしまったのではないか。そうなると、カヨコは死亡しておらず、生きているということになるのか。

「きれいな体やないか」――あの言葉は抜け殻にではなく、若々しく生まれ変わったカヨコに向けられたものだったのだ。ならば、あの場には、若返ったカヨコもいた――。

荒唐無稽な推論なのはわかっている。だが、この馬鹿げた発想の転換が、ホラー作品のネタ作りには大切なのだ。今夜の私は調子がいいらしい。どんどん狂った発想が湧いてくる。これも頭の中の「ひとだまさま」が起こした発作の影響だろうか。

※

桐島霧(きりしまきり)先生

お世話になっております。神目です。

発作が出てしまわれたとのことですが、その後のご経過はいかがでしょうか。

昨晩はいろいろとショッキングなものを目にされてしまったようですね。

先生がおっしゃるように、死者の弔いではないのでしょう。おそらく、その地に根付く黒い因習。そこで見たという「人の皮」は、明らかに自然律から逸脱したものです。

先生は『九相図』をご覧になったことは？　死体の朽ち消えてゆくまでの経過を描き表わした仏画です。あれをグロテスクだと忌み嫌う向きもありましょうが、わたしは、あの図を見ると安心するのです。あれこそ人の自然、世の道理です。

ですが、その道理を打ち壊すような事例が、世界各地から当サイトに続々と報告され、その数は年々増加の一途辿っています。参考に数例を送らせていただきました。

死後変容

韓国にはダンランジュジョムという成人向けのカラオケ店がある。ホステスがついて、お酒が出る、カラオケスナックのようなものである。

その年の初め、釜山市内の店舗付近で、不可解な遺体が発見された。

店の裏側は暗くて狭い袋小路で、人が入る用事などない。そこに真っ赤な死体が遺棄されていた。着衣はなく、全身の皮を剝がされ、赤い筋肉組織が裸出している惨たらしい状態であった。

その後の調査で、遺体は同市内で二日前に起きた交通事故の被害者一家の五十代母親であることが判明した。他の家族は全員、交通事故現場で死亡が確認されたが、母親の遺体だけが現場から消えていた。救急車両が到着する直前まで、車から投げ出されて道路に倒れている母親を複数の人が目撃しており、その時点で頭部に致命的な裂傷が見られ、誰が見ても即死であることは明らかであった。

遺体は何者かによって、交通事故現場から店の裏の袋小路へと移動させられた、ということになる。野次馬の集まるなか、誰の目にも留まらずに遺体を持ち去り、その皮膚を丸ごと剝いだのだ――これだけなら、異常者による犯行ということで捜査ができた。

さらに不可解なことに、母親の遺体の筋肉は、まるでアスリート並みに鍛え上げられて発達しており、五十代主婦のものとは思えなかった。彼女を知る近隣住人によると「彼女は肥満体型で、決してスリムとはいえなかった」そうである。

また、当初は皮膚を剝がされたものと見られていたが、遺体には剝離痕が一切なく、筋肉組織には皮下組織の付着もなかった。まるで元からこういう体であったかのように順応しており、剝き出しになった筋肉の一部が、表皮に変化しかけていたという。

鮮度

老母が自宅で亡くなったが、弔う金がない。親の年金を止められてしまえば、自分が食っていけなくなる。それだけの理由で息子は親の遺体を押し入れに隠した。

そして、親が生きていることにしたまま、普通に生活を送っていた。

このような事件が近年ではよく起きているという印象だ。平成二十二年に埼玉県M市で起きた次の事件も、事の発端は同じであった。

だが、ここから先の展開が、些か怪異じみている。

長男（四十）は母親を押入れに隠したまま、人と会わないような生活をしていた。

だが、母親は引き籠っている息子と違い、生前はスーパーやコンビニによく買い物に行っていたし、健康のために公園周辺を散歩もしていた。近所の人とも挨拶を交わし、立ち止まって井戸端会議に加わることもあった。

だから半年もその姿を見ず、いつも玄関前に出前のどんぶりが一人分だけ置かれていれば、近隣住人が不審を抱かないわけがない。

住民からの通報で市役所の職員がこの家を訪ねると、もはやこれまでと観念したのか、息子は素直に母親のいる場所を伝えた。

警察が到着し、押入れの中を確認することになった。

何の処理もせず、半年も放置された遺体は普通、人の原型を留めていないはずだ。覚悟をして襖を開けた。

腐臭も、蠅の群れも、彼らを襲わなかった。

中央で仕切られた押入れの下段の奥に、レジャーシートと毛布に包まれた母親の遺体があった。先刻亡くなったばかりのように、まるで眠っているような、穏やかな表情を浮かべた、とてもきれいな死に顔であった。

換気もされていない家の押入れの奥で、死体の鮮度が半年も保たれる理由などない。

息子のいう死亡日時に虚偽があったとの情報はなく、老母が死後どれほど経過していたのかという情報もない。これ以上の事由を仔細に語ることは、もはや誰もできない。

母親が荼毘に付された同日、息子は自ら命を絶っているのである。

失敗鬼神

七年前、宗さんは仕事で二週間、ソウルに滞在した。

三日目、宿泊先のチャンキンホテルのロビーで「日本の方ですか」と声をかけられた。

ジジョンさんという五十代の男性で、昨年まで川崎で友人と焼肉屋を営んでいたが、工場を経営する父親が体を壊したので、急遽、故郷に戻ってきたのだという。今は状況説明のために取引先をまわっており、数日このホテルに滞在しているとのことだった。

宗さんが自分も数年前に川崎に住んでいたと話すとジジョンさんは喜び、一緒に夕食へ行く流れになった。食後の卓でジジョンさんは「ちょっと面白いお話を聞きました」と、取引先の精肉工場の社長Cさんから先日聞いたばかりだという話を聞かせてくれた。

Cさんの生まれ故郷は、城壁のように山が四方を囲み、灰色の曇天が一年中、蓋をする小さな集落である。数年前に起きた田舎ブームの恩恵があり、民家の約四割が民宿をやっていたが、その後は厳しい村況に戻り、今は住人も激減しているという。

Cさんが学生の頃、その集落で、同級生が行方不明になった。

学校からの帰宅途中、自宅付近で友人らと別れてから消息を絶ったという。

集落のまわりには山も川も、複数の洞窟もあるので、すべてを捜索するのは難しい。二週間ほど洞窟を中心に捜索は続けられたが、見つからなかった。

同級生が見つかったのは二十年後だった。

もっとも集落に近い山の南側入口から入ってすぐにある笹藪のなかで、うつ伏せになって倒れているのを付近の住人に発見された。見つかった時にはすでに死亡しており、死後四日ほど経っていた。外傷はなく、数日前からの大雨で体が冷えたことによる低体温症が死因とされている。

この遺体には、どうしても説明のつかない点があった。

発見された遺体は、少年だったのだ。行方不明だった同級生は顔も背丈も服装も二十年前のまま、四日前に山で死亡したのである。

Cさんの故郷の村では古くから、「人間と入れ替わる化け物」が山にいると信じられ、近代でも告祀(コサ)やプタコリと呼ばれる、鬼神に食べ物を供える厄払いの祭事をする。そういう背景もあって、一部の住民は見つかったのは行方不明の少年本人ではなく、彼に成りすまそうとして失敗した鬼神の死体だったのではないかと囁(ささや)いていたという。

※

以上の三篇は『ボギールーム』の「百奇考証(ひゃっきこうしょう)」に近年投稿されたものだそうだ。「鮮度」「失敗鬼神」には、死体が時間を超越しているという共通点がある。前者は腐敗し、白骨化しているはずの死体が、どういうわけか鮮度を保った状態で発見される。後者は行方不明になっていた少年の死亡時期がわからなくなるという事態が起きている。どちらも、読むだけで頭がおかしくなりそうな事例だ。

「死後変容」においては、死体にあるまじき変化が起きている。生物の肉体は生命活動を停止した瞬間から、無へと還るべく細胞が死んでいき、腐敗し、溶け崩れていくのが正しい流れであるが、この事例では、死体は生前にも増して活性化し、死体が辿るべき流れを逆行している。まるで、何かに変容しようとする成長過程のようだ。死体が今さら何になろうとしているのか。想像するとぞっとする。

何かの糸口になればと三篇の怪異の考察に臨んだが、正直、気が進まない。死体の悍ましい変容なら、子供の頃からうんざりするほど見せられているからだ。私とともに空に吸い上げられた無数の死体が、死んだ虫のように手足を折り曲げて縮こまり、木乃伊のように硬直し、ぼとり、ぼとりと、地上に落ちていく様を、あの恐ろしい悪夢の中で――。

自分から自分が引き剝がされる、あの恐怖のイメージから、今は少しでも遠ざかりたいというのに……どうして、私だけがこんなに苦しまなくてはならないのだ……。

※

ああ、先生、おいたわしい。それほどまでに、あの悪夢を恐れてらっしゃるとは。

ですが、先生、自分から自分が離れることが恐ろしいとおっしゃいますが、それはきっと、先生から引き剝がされた〝もう一方の自分〟も同じ気持ちなのではないでしょうか。

考えてもみてください。自分が二つに分断されても、この世が与えてくれるものは一つずつしかないのです。恋人も、親も、大好きな玩具も、おねだりして買ってもらった本も、すべての大切なものを、もう一人の自分に持っていかれてしまうかもしれないんです。苦しんでいるのは、先生、あなただけではないのかもしれませんよ。

出過ぎたことを言いました。どうか、凡愚の戯言と思ってご寛恕願いたく存じます。

さて、先生は『天蛹』という言葉をご存じでしょうか。

中国の古い文献に記述が見られる「天より降りたる薬」のことで、別名を「天尸」。鉱物、植物、生物、そのいずれでもない、あるいは、そのいずれでもあるとされる不思議な物で、四百四病に効能があるとされています。

正史の『唐書』には、六七〇年頃、台州に「月の桂の子」が空から降った、と記録があります。桂とはカツラ科の落葉高木。その実は虫の蛹のような形状をしています。

中国では、月のなかに桂の木の影があるという神話があり、「子」は月の桂から降ったものだとされました。「子」は成人ほどの大きさのものから、赤ん坊ほどのものもあり、その時点で本物の桂の実ではありません。これは一体なんだとなり、研究が始まります。

そこで、これは月から降ってきたものなのだから、まずは月蝕瘡の患者に食わせてみようとなります。人体実験です。月蝕瘡とは耳の後ろにできる湿疹です。すると、見事に完治し、これは天帝が授けし宝薬であると、各地に捜索隊が使役されました。

天聖卯年八月に杭州の霊隠寺が、拾った「桂の子」を奉ったことから、各地で信仰対象となっていき、「神嚢」「蚕宝」「空珠」と呼ばれ、やがて「天蛹」と名が定着します。

これは恐ろしい薬でした。火傷、裂傷、腐敗した臓腑まで、瞬く間に完治し、生気枯れ尽きんとしていた病人が、生まれ変わったように健康な体となるのです。

もちろん、これを医学の中心に据えることに異を唱える者もいました。

名医碩学の諸説紛々を独自の見解で考察・批判する中国薬学の大著『本草綱目』、その著者である時珍は、そんなものはまともな薬であろうはずがないと、これを一蹴。塵砂土石、金鉛銭、汞（水銀）綿絹穀粟、草木花薬、毛血魚肉など、異物を雨のように降らす怪異は各地に無数にあるが、「天蛹」も含め、すべて妖怪の仕業である、月のなかの桂などはないと、「天蛹」礼讃の風潮に批判を投じたのです。

確かに、これが降るようになってからというもの、世間では人が消える、死人が盗まれるという怪事が増え、「天蛹」は「消えた人の数だけ降る」「盗まれた死体が天蛹になる」といった噂まで立ち、そこから「天尸」の呼称も生まれたそうです。

実は、この「天蛹」と酷似するものが、王町周辺で複数確認されています。

ただ、なぜか大きく話題にはならない。ローカルニュースや地域新聞などで扱われても、そこまで注目もされず、住民たちは無関心なのです。これは少々、不自然では？

先生、どう思われますか。

死体紛失事件。深夜に山の上でおこなわれる秘儀。町に降ってくる謎の異物。

その町で、いったい何が起こっているのでしょう。

議論を交わしたいところですが、サイトの更新作業があるので、わたしは失礼します。

今、もっとも《謎》が濃密な場所といえる大福山に関する資料を先ほど見つけましたので、送っておきます。ではまた、後ほど。

※

石川・鹿島郡でまたもや山火事の通報

石川県鹿島郡王町の大福山と呼ばれる丘陵の山林で、十三日午前二時ごろに山火事が発生したとの通報が三十件以上あった。しかし、出火の確認はできなかった。同時刻、飯郷(はんごう)の黄稲山(きいねやま)の山林でも山火事発生との通報があり、その後、山林内に出火を確認。十三日午前六時現在も燃え続けており、これまでに約三・四ヘクタールの山林が焼失、鹿島郡は周辺の十四世帯に避難指示を出している。けが人や家屋への被害は現在確認されていない。黄稲山山林の火災を大福山のものと見間違えた可能性がある。通報があった緒祖(おそ)村の「なんぶ郷のくらし民俗館」館長・両芝恒悦氏によると、大福山は、御祖村では鬼尾ヶ原と呼ばれ、年に数度、謎の発光現象が確認されている。今回のような火災の誤認もたまに起こっていたといわれている。

さっそく神目が大福山についてのネットニュースの記事を送ってきた。今朝のニュースだ。書かれているのは昨夜のことだが、あの葬儀の様子を火事に見間違えられたのか。いや、スポットライトと提灯の明かりくらいでは山火事には見えないだろう。

やはり、黄稲山の山火事を大福山と勘違いしたのか。勘違いで三十件以上の通報？　それに、このタイミングで起きる火災。なんだか、怪しい。

深夜二時頃か。その時刻なら、あの光も目撃されていたかもしれない。

カヨコが帰ってきた時の、あの激しい光を。

大福山についての資料はもう一つ、メールに添付されていた。

※

石川県鹿島郡王町にある名もなき丘陵は、地元の人たちから大福山と呼ばれています。

牧歌的な響きの呼び名をもらっているこの土地は、この町の人たちにとって祖先の霊との繋がりを途絶えさせないという信仰を守る聖地です。かつてあった雛越神社は、雛のような小さな命を授かりたいと願う夫婦がよく訪れました。

そして、ここは今、王の町の人たちが人生を閉じる場所となっています。

大きな福運が、この地を大福餅のように優しく包みこむように。

おそらく、そのような人々の気持ちから、このように呼ばれたのかもしれません。

その大福山は、他の村では、また違う名で呼ばれています。

郡南部に位置し、富山県氷見市に接する御祖村では、この土地を鬼尾ヶ原と呼んでいました。名が表すが如く、不思議な言い伝えがあるからなのです。

本日は、この地の昔を知る方々から、貴重なお話をうかがいたいと思います。

――鬼尾ヶ原、この地名はなんと読むのか？

どうだったか。いろいろ（呼び方が）あったのではないか。

うちらは、オニビガハラ。

オニッピガハラ、キビガハラでも、なんでもいい。

――鬼の伝承があったのか？

鬼はない。そういう話はひとつも聞かない。ただ怪しい場所であったと。

――どう怪しかった？

わからない。ただ誰も行きたがらない。行こうともしない。

あの町の土地だから、他の町はかかわらない。コシキはうるさい。

——町が厳しく管理している？

わからない。大人は行きたがらない。ろうせんが気にくわんと。

——ろうせんとは？

コシキの長老のあつまり。あの町の有力者ども。

——もう一度。鬼尾ヶ原は、どう怪しかった？

消えた人がいた。ほとけさんも、とられたと聞く。

何人も消えたらしい。あそこには、人をとってくものがいると聞く。

——とって食うとは死体も？　化け物がいた？

とって食うではない（笑）　とっていく。誘拐だ。

だが人を食う化物もいる。空から攫って海に捨てる。くいガラと、さなぎも。

しっ。いかんっ。いかんっ。

（小休憩）

——さなぎとは？

しらない。そんなことはいってない。

つぎいって。つぎ。はやく。

——鬼尾ヶ原で化け物を見たか？

見ていない。大人から聞いた。行けば、おっつけるからやめろといわれた。

——おっつけるとは？

とりつかれる。とりつかれると、そのうち化け物になると聞いた。

かみなり隠しも多かった。

——雷かくし？　神隠しとおなじもの？

おなじ。オニビガハラの空が真っ黒になる。その下で人が消える。

カシャともいうと。

——カシャとはなにか。

死人をもってく化け物。でも、それは迷信。カシャでない。本当はイシャだ。

——医者？　あの医者ですか。

偉いイシャサマが、人を攫わせているという話があった。研究のために。

——雷かくしにあうとどうなる？

いなくなって、二、三日して、かえってくる。様子がおかしくなっている。

かえってこれないものもいるようだった。死体になって落ちてくるものも。

——鬼がいないのに地名に鬼がつくのは？

鬼というのは、そこが地獄だといわれていたからではないか。

火を噴いていたのを見た人がいる。爆発の音も。村からも火が見えたとか。

——噴火では？

そうではない。あそこは山でなかった。まったいら。だから原。

そうだよ、原っぱ。年寄りはしっていた。いつからか山になった。

——丘ではなかった？

平原。よく燃えていた。テンカがよくあった。

——テンカとは。

天に火。テンカ。落ちてくる火の玉。いっぱい落ちてくる。

——隕石(いんせき)ではないか。

ちがう。たくさん火の玉がおりてくる。で、また天に帰る。

原がみんな燃える。夜でも昼間みたいに。次の日にいくと、なにも燃えていない。

※

昭和五十二年に矢凪(やなぎ)公会堂で催された「『町の由来地図を作る』アンカンファレンス」でのチャッティング、その一部である。鹿島郡立図書館所蔵の広報冊子から引用した。

当時を知る古老たちが呼ばれ、司会進行役の質問に答える形で昔の話を語るプログラムであり、ややたどたどしい文章なのは、方言が強いので理解しやすく翻字されているからである。矢凪町は三方を柄碁山脈の支脈に囲まれており、王町をその東南に望む。王町より田舎だが、それを強みにこうしたイベントを頻繁にやって人を呼んでいる。

大福山が、昔は山ではなかったと知って、意外とは感じなかった。私はあの場所をずっと、なんだか、取ってつけたような変な場所だと思っていたのだ。

其の七　なかった

マニラから約三時間、バタンガス州カルンパン半島北岸バラヤン湾に面したアニラオは、マニラから最も近い本格的なスキューバダイビング水域だ。

滞在客の八割がダイバーで、若いのもいればオレと近い年頃のヤツもいる。

オレは洒落(しゃれ)たレジャーの似合うツラではないから、変な目で見られた。案内人のナサンが島の顔利きで助かった。いろいろ巡って、伝承やら怪談やらを腹いっぱい聞いてくれていた。その筋のひとにも口を利いてくれた。ギャラをはずまなきゃならない。

いつもは墓場とか自殺の名所とか元処刑場とか、薄暗い場所ばかり取材しているオレが、南国の海で太陽の光を浴びているなんて、多分これが最初で最後だろう。

あの「ひとだまさま」を追い求めた結果、こんなところまで来るなんて誰が予想できただろうか。いろんなヤバい話を取材してきたオレが、まさかここまで一つのネタに執着することになるとは。たぶん、王町(こしき)の事件を書いていなかったら、そんな存在、一生知らないままだったろう。こんな派手な場所にも来ていなかった。だが、あの祟(たた)りが名前を変えて、他の国でも語られていたなんて知ってしまえば、来るしかない。

まずはボネテだ。ビーチが有名らしい。

ボネテは珊瑚の群生地だ。パッと見には、パラダイスみたいなところだ。このボネテを含めた近海の島々には、信仰も生活様式も違う少人数で構成されたコミュニティーがいくつもあり、彼らを脅かす共通の恐怖の対象がある。子供でも大人でも老人でも筋肉だるまでも、誰でも消しちまうほどの怖い存在が伝わっている。

アムサングというモノだ。

意味はなんだと聞いたが、「よくわからない」という。

この国は多部族国家で、言語もそれぞれ独自のものを持っている。今後も一生口にすることのないような、こんな精霊の名前だとか、儀式の名前だとか、怪しげな言葉ばっかり出てくるのかと思うと愉しみな半面、不安もある。そういう慣習には、余所者が安易に踏み込んでいいものじゃないからだ。

アムサングは日本でいう神隠しを起こす存在だが、神でも妖怪でも幽霊でもない。人だ。もちろん、ただの人じゃない。

生きたままウグゥサワンってところに行って、戻ってきたヤツラのことをいうらしい。

ウグゥサワンは、日本だとなんて説明すりゃいいのかわからない。たとえるものがない。天国や地獄、桃源郷や死後の世界ってことでもない。簡単に言うと異界だ。聖地でもあって、この辺の土着信仰にちょくちょく見え隠れしている、秘境めいた場所のことだ。何年かに一度、〝収穫期〟というのがあって、その時期に人が消える。消えた人はたいてい、ウグゥサワンに行っている。この〝収穫期〟とやらの正確な時期はわからないが、どうも月とか星、嵐、スコールのような天候も関係しているらしい。

ウグゥサワンに行ったヤツは、しばらくして一人で戻ってくる。そいつはもうアムサングだ。見た目は普通の人間と何も変わらない。ただ、着ていた服は着ていない。裸で海から帰ってくる。そいつらは戻ってきても家族のいる家には帰らないし、親にも友達にも恋人にも我が子にも絶対に会わない。家族や友人のことを覚えているかも怪しい。

でも、ヤツラは孤独じゃない。アムサングは自然とアムサング同士で集まるようになっているみたいだ。それでアムサングのコロニーを作り上げている。アリ塚みたいな。そして、そこを拠点に、あいつらは人を消していく。

消すといっても、乱暴なやり方はしない。ちゃんと相手と交渉して、自分の意志でこの世から消えるようにする。かなり知能が高いってことだ。

生殖行動はしないらしい。ペニスがないという話もあるが、それは眉唾とのこと。ウグゥサワンに行って消えている期間はまちまち。三日で帰るヤツもいれば、何年も帰ってこないのもいる。どんだけかかっても、帰れりゃまだいい。無事に帰ってこられなかった。

ったヤツもいる(戻ってきたやつを無事といっていいかは甚だ疑問だが)。そういうヤツはたいてい、海に捨てられてサンゴになってるか、ホムワォイとかホムォイとかっていう、「ヒトの出来損ない」みたいなものになるらしい。

サンゴのほうは名前がない。写真を見せてもらったが、人形(ひとがた)のサンゴだ。

ホムワォイは実物を見せてもらった。ナサンがうまくとりつけてくれたのだ。これは海の上をぷかぷか浮いているもので、基本、見つけても、無視して近づくなってのが暗黙のルールだそうだ。漁師たちはみんなそのルールを守っているんだが、近づくどころか拾って持ち帰ったヤツがいたのだ。絶対にやってはいけないことで、村民にバレたら、へたをすれば殺されて家を焼かれる。でもそいつは変に度胸があるのか、撮影はしないって口約束とちょっとのチップだけで取材をオッケーしてくれた。

サンゴもホムワォイもちゃんと人の面影がある。どっちも人が座って手を合わせ、座禅しているみたいな形をしている。人に戻してくれって祈ってるみたいだ。

オレの第一印象は、カブトムシの蛹だ。あれは超気味が悪い。色や肌の感じは幼虫で、見た目は成虫に似て、手足の形はできているのに、折りたたんだ状態でくっついて動かない。中途半端に生き物らしさと、無生物感のある、成りそこないの不気味さ。液体から個体になる途中の未熟感。あれほど無害で気味の悪いものがあるだろうか。

ホムワォイもそんな感じで、オレは見ていて鳥肌が立った。

これを珍しいからって持ち帰ると、めちゃくちゃ祟られる。村ごと全部巻き込まれるほどの病禍に見舞われる。

だが、そいつは拾って結構年月が経つが、拾った本人も含めて、村人はみんな無事だ。

この島独特の民間療法ってのがあって、そいつのおかげらしい。

その民間療法には、こんな伝説があるそうだ。

海に住む化け物「イートヒャンク」ってやつが、あまりに人や船に悪さをするものだから、島の若い男がそいつの片腕をもぎとってこらしめた。片腕をとられたイートヒャンクは、逃げようと必死に泳ぐんだが、片腕でしか水を掻けないもんだから、同じところをぐるぐる回って前に進めなくなる。これじゃ、人どころか魚をとって食うこともできない。

これはかなわんと、二度と人間に悪さをしないと誓いをたて、反省と謝罪の証として、素晴らしい薬の調合法を教えてくれた。以来、その薬のおかげで、村の人たちは病気という脅威から死ぬまで解放されて、いつまでも長生きをしましたって、そんな伝説だ。

「河童」の詫び証文や骨接ぎ膏薬の伝承に似ている。

　さすがに作り話なんだろって聞いたら、その民間療法ってやつは本物で、おかげでこの集落には医者がいないといっていた。いても廃業せざるを得ないからだそうだ。

　このホムワォイを拾ったのは、ボネテとラヤグ・ラヤグとの中間の沖で、六十年前のことだそうだ。

全部が繋がっているのだと思った。世界中のあらゆる国で信仰され、忌まれ、怖れられているもの。それらは名前や伝わり方、受け容れる人々の宗教観・死生観が違っているだけで、みんな同じものを信じ、同じものを敬い尊び、同じものを忌み嫌って、怖がっているんだ。

ありがたい教訓・戒めも、そう思わせたいヤツの都合で作られ、それを取っ払ってみたら、そこには人間の都合や常識なんて無視した、人知の及ばぬ世界のものが現れる。

石川の王町で始まった、ある少年の祟りの物語。

あれだってきっと、誰かの都合でそうなったというだけで、彼は運が悪かったのだ。

あの頃に知った様々な物事は、この島で出会ったものと共通するところがたくさんある。

臆測でいい。根拠なんて後で考えればいい。馬鹿げていると笑っているのは、誰でもない、自分自身だ。その当て推量を引っ込めるな。「たぶん」で始めて、「かもしれない」で終わらせていい。可能性を増やしているのだから。それは想像の余裕だ。

全部、繋がっている。

きっと、次に行った国でも同じことになる。

それらの繋がりの意味を知った時。

Aくんにふりかかった祟りも祓えるだろうか。

彼は今ごろ、どうしているのか。


光と風と謎多き島、そのホテルの部屋で　平成十二年七月

※

桐島霧様

はじめまして。

辰巳諒子と申します。

お返事が遅くなりましたこと、お詫び申し上げます。

先日頂いたメールの件ですが、お探しのものかはわかりませんが、そうではないかというものを見つけました。

父の取材ノートと、取材音声の入ったカセットテープ、その他、お役に立てそうなものを宿泊先のほうにお送りしましたが、無事届きましたでしょうか。

父の書いたものが桐島様のお役に立つのなら、娘としても嬉しいかぎりです。

父は私が小さい頃から取材、取材で、いつも家にはおらず、帰ってくれば部屋に閉じこもって原稿執筆に追われる日々だったので、親子らしいコミュニケーションをとった思い出もほとんどありませんでした。

でも、父からすれば、そんなつもりはなかったはずです。

いつも気味の悪い話をどこからか集めてきては、締切に余裕がある日などは、そういう話を私や母に嬉々として語っていたものです。私はそういう話が好きではなかったので、それを親子のコミュニケーションとしては受け止められず、ただ迷惑に思っていただけでした。

父は自分が話したいだけなので、私が厭そうな顔をし、聞かないでテレビを見たりしていても、勝手に一人で話していました。やはり、コミュニケーションではなかったのです。

桐島様の記事の取材で父が石川県へ通っている時、私は中学生でした。

ある日、その取材からいったん帰ってきた父は、いつもと様子が違っていました。以前にもそういうことはあったのですが、それは、とんでもないネタを仕入れて興奮していたからで、あの時は、それとも少し違って、私には父がなにかに怯えているように見えました。

でもそのような様子もすぐに消え、父はなにかを色々調べはじめ、毎日、なんらかの資料が家に届いて、父の書斎は本で山積みになりました。独り言も増えてきて、私は母と冗談で「触れちゃいけないものに触れて祟られたんじゃないか」って話していたんです。

しばらくして、父は全国の行方不明事件の情報を集め出し、そうかと思えば、天狗のお面を買ってきて、それをかぶって一日過ごしたり、フィリピンに行って変な虫の死骸を持ち帰ってきたり、以前にも増して、普通ではありませんでした。

ご存じの通り、父はそれから普通の仕事をしなくなります。

何年もかけて怪しい宗教団体に潜入取材をしたり、秘境に伝わる奇妙な生き物を追って謎の集団に捕まったり――。

父は六年前に亡くなりましたが、まだまだいろいろと知りたいことがあったのでしょう。

無念で、名残惜しそうに息を引き取りました。

そんな父のやり残したことを、桐島様が引き継いでくださっているなんて。

父も草葉の陰で喜んでいることでしょう。

ほんとうにありがとうございます。

最後に、死の前に父が残した言葉で締めくくりたいと思います。


「祟りなんてなかった」

※

まさか辰巳信三（しんぞう）の娘とコンタクトがとれるとは思わなかった。

これも編集プロダクション社長R氏のおかげだ。出版社経由で辰巳信三の最後の刊行物の担当編集と話すことができ、彼から辰巳信三が断筆後に余生を過ごした徳島の家の連絡先を聞くことができたのだ。だが、先方がメールでのやり取りを希望とのことだったので、メールアドレスを教えてもらい、昭和五十九年に私に降りかかった出来事を「私の正気を疑われない程度」に説明し、当時の取材資料が残っていないか、残っていればお貸し願えないかと連絡したのである。

この不躾（ぶしつけ）な願いを聞き入れてもらうため、自身の余命についてもしっかりと書いておいたことも付け加えておく。

宿に届いたのは段ボール箱が二つ。中身はほぼノートであった。辰巳信三が王町を取材していた頃から近年までの厖大（ぼうだい）な調査記録である。彼の性格上、地域雑誌の一記事だけで終わらせるはずないと思っていたが、まさか亡くなる間際まで調査を続けていたとは。しかし、いったい、どんな調査をすれば「ひとだまさま」を追ってフィリピンまで行くのだろう。

辰巳信三は石川県とは縁も所縁(ゆかり)もなかったが、『さーくる』の編集者が彼のファンであったらしく、ミステリー系のネタで大きな企画をやってほしいと執筆依頼をしたのである。ある意味、その依頼が彼の人生と、私の人生を大きく変えたといっていい。

私の事件の取材以降、彼はより一層精力的に様々な《謎》に挑み、その考察や取材成果を素晴らしい読み物として読者に届けた。どうも、その熱は私の事件が熾(おこ)していたらしい。

愛用だったのだろう、数十冊の同じメーカーのB5判A罫の大学ノートの欄外には、「王子町」「ひとだまさま」「火車」「死体紛失」といった、私が考察でよく使う単語が散見していた。それらキーワードと他の取材で見つけた情報を線で繋いで、その線の真ん中に赤ペンで×や◎や△をつけ、「アリ／ナシ／保留」とメモしている。私よりも何十年も前に、この謎の真相に近づこうと考察していたのだ。

そして、私の事を考えてくれていた。

彼はもうこの世にいないが、とても心強い味方を得た気持ちだ。

其の八　テンヅリオロシ

映画『七人の侍』で村の百姓・利吉(りきち)役を務めた役者の土屋嘉男(つちやよしお)が、著書『思い出株式会社』のなかで、実に興味深いエピソードを語っている。

山梨県に住んでいた小学二年生の頃の体験というから、昭和九年である。

地元の祭りから家路についていた晩のこと。自宅付近に大きな屋敷があり、その門前に立派な楠(くすのき)が生えていた。その場所に差し掛かった時、嘉男少年は楠のてっぺんから、サーチライトの如く激しい光が降り注ぐのを目撃した。枝が大きく揺れ、真昼のような明るさである。大慌てで逃げ帰ると、目撃したままを父親に話した。

「きっとテン吊(ヅ)リオロシだ」と、父親はいった。このあたりに住んでいた若者が、夜間に大木のそばを歩いていたら、空から降り注ぐ激しい光に吸い上げられ、そのまま空へと連れていかれて二度とは帰ってこなかった——そんなことが昔、実際にあったのだそうだ。

※

桐島霧(きりしまきり)先生

お世話になっております。

『ボギールーム』のトップページを更新したことに気づかれましたか。

当サイトでは初の試みなのですが、限定付きの情報の募集をかけてみたのです。

《昭和五十九年・石川県鹿島(かしま)郡内・提供者自身の体験》

これより一週間、この条件以外の投稿を受け付けません。

先生のお話をうかがえばうかがうほど、その地域では、不思議な体験をされている方が他にもいるはずだという確信が生まれました。しかし、怪異は、とくに少年期の体験はトラウマと直結している場合も多く、それを表に出すことを恐れる人も当然います。そこで、このように年代、地域を限定することで、「わたしたちは、あなたの《その》体験を求めています」と体験者の心に強く訴え、背中を押すのです。

先生のために一つでも多く、そして、少しでも有力な情報を集めねばという思いで試みてみたのですが、やってみるものですね。さっそく、たくさんの投稿が来ております。

特に多いのが、未確認飛行物体の目撃情報です。

これは意外な結果ではありません。ご存じのことと思いますが、先生のご生地のすぐ隣は、「UFOで町おこし」で有名な羽咋市です。平成八年にできた宇宙科学博物館「コスモアイル羽咋」は宇宙人の死体の模型や、未確認飛行物体に関連するとされる非公開文書の複写資料など、UFO関連の展示も充実し、施設の形状もまさにUFOそのもの。今や、羽咋市のシンボル的存在です。そのようなUFOに懐が深い土地ですから、不思議な発光体の目撃情報も多いはず。図らずも、先生のご体験には「未確認飛行物体」が登場します。今回投稿されたなかに、先生の《謎》と繋がる有力な情報があるやもしれません。わたしからも情報を一つ。先生は妖怪がお好きですから、ご存じかもしれませんが。羽咋市の町おこしのきっかけとなった「怪火」です。ご査収ください。

そうはちぼん　「題拾六章　傳説」『石川県鹿島郡誌』

秋の日暮れ方、能登半島を横切る邑知平野北辺に位置する眉丈山、その中腹を東より徐々に西へと移動する怪火である。この怪火が、一の宮の権現様に「人を食いたい」と願ったので、権現様は「鶏の鳴かぬうちならいいぞ」と申された。夕方から朝までならば人を取って食っても良しとの許しを出したのである。だから「そうはちぼん」は夕暮れ時に現れ、獲物を求めてうろうろと移動し、鶏の鳴き声が聞こえると仕方なく帰っていく。この鶏の声は、権現様の声真似であったという。

※

「そうはちぼん」の名の由来は、日蓮宗で使用するシンバルのような形状の仏具で、「妙鉢」の名称で知られる物だそうです。そのような形のものが光りながら町から町を飛び、人を捕らえて連れ去っていた――昔の人が見れば、火の妖怪が人を食らったように見えたことでしょう。これが、現代で目撃されていたならば、「そうはちぼん」はまさに「空飛ぶ円盤」。その捕食行為は、地球外生物による誘拐「エイリアン・アブダクション」と呼ばれていたに違いありません。

このような情報を見つけると、今まで怪異として認識していたものを違った観点から見直す必要があると考えさせられます。ちなみに当サイトではＵＦＯも立派な怪異です。「神隠し」「天狗さらい」などの誘拐系怪異《CASE：ABDUCTION》に分類されます。

――まだまだＵＦＯの話をしたいところですが。

先生、とても気になる投稿がありましたので、お送りいたします。

少々、長めの記事になりますが、できればお早めにご確認ください。

おそらく、この方は先生のお知り合いなのではないでしょうか。

※

山で見たもの

昭和五十九年、小学五年生の夏休みの夜でした。

二階にある僕の部屋はクーラーがないので、窓を開けて風を通していました。

たぶん宿題に飽きて、なんとなく外を見ていたのだと思います。

家のそばに低い山があり、花札の坊主みたいに黒い半円の影になっていました。

ふと、その山の上をたくさんのひとだまが飛び交うという噂(うわさ)を学校で聞いたことを思い出し、山の上には火葬場があったので、そのあたりを飛ぶのかな、見られるものなら見てみたいなと、ひとだまを待ち構えていたんです。

すると、西の空の方から山のてっぺんに向かって飛んでいく、ラグビーボールを縦にしたようなオレンジ色の変な光が見えました。『コズモ』という雑誌で見た、イタリアのチェンニーナで目撃された紡錘(スピンドル)型の飛行物体に似ていました。その形から車のライトではなく、光自体が軽自動車ほどの大きさがあったと思います。

それでも、それが山のシルエットに重なって見えていたら、そこまで驚かなかったと思うんです。山を歩く人が持つライトの明かりかもしれないって考えたと思います。

でもその光は、山のシルエットから遠く離れたり、戻ってきたり、つまり、地上を必要とせず自由に、右に左に大きく動いて飛んでいるのです。

「UFOだ!!」

僕はとても興奮していました。

大好きだったのです。空飛ぶ円盤UFO！　宇宙人！　愛読書は親に強請(ねだ)って買ってもらった、フレーベル館『UFOの正体』、エルム百科『UFOをさがせ！』、ひばり書房『これがUFOだ!!』、モンキー文庫『UFO追跡大作戦』。ボロボロになるまで読みました。いちばん好きなのはマドリッドで撮られた「王」の文字があるUFOです。そうです。僕の住んでいる町の名前と同じ字です。

UFOがこないかなと、何時間も夜空を見上げていたこともあります。そういうことをしていると、どうやって察知するのか、きまって祖母がダンダンダンッと階段を上がってきます。そして、ノックもせずバンッとドアを開くと、「夜中に窓なんか開けて外を見てたら、お化けに首を持ってかれるぞ！」と、すごく嫌なことを大声で言って怒るんです。

でも、その夜は、運よく祖母に気づかれなくて、ずっと見ていられました。

元気に飛び回る光を見ながら、あれには宇宙人が乗っているのかなと想像すると、わくわくしてきます。光の中に宇宙船のシルエットが見えないかなと、目を細めてみます。

するとそれが急にストンッと、山のてっぺんに落ちたのです。

思わず「あっ」と声を上げて立ち上がりました。

落ちた場所がバアッと、広範囲で火のような明かりに包まれ、それが消えたら山はいつもの真っ暗なシルエットに戻りました。

UFOが墜落した！　僕はすぐ頭の中に、「第二のロズウェル事件」という言葉が浮かぶような、そういうダメな小学生だったので、もう矢も楯もたまらず、今すぐ山へ見に行こうと階段を駆け下りたんです。でも、冷静になって、さすがに親には言っておかないと後で大変なことになるなと、まだ親は起きていたので、声をかけたんです。

「今、すごいもの見たよ」と小声で伝えました。隣が祖母の部屋なので、祖母に聞かれたら、面倒くさいし煩いので、小声で言ったんです。

親には、「山に未確認飛行物体が墜落したんだ」と、わざと難しい言葉を選んで伝え、「あれは、きっと紡錘型だよ」と専門家ぶりました。

でも、残念ながら、両親は信じてくれなかったんです。

「ロケット花火でも飛んでたんだろ」

その言葉に僕は怒りました。どうして信じてくれないの。そう聞いたら、お化けや宇宙人が本当にいたら、とっくにみんなの前に出ているだろうというのです。じゃあ、どうしたら信じてくれるのと聞きました。なんでも信じるのではなく、まずは疑って、それを冷静に見られるような大人になりなさい。たくさん勉強して、それが本物なのだと自分で証明ができるようになりなさい。そうなったら、僕の言葉を信じると親はいいました。

僕は、そんなふうにならなければ信じることができない大人になんてなりたくないって親に叫んで、たぶん、「もういいよ」とか「さよなら」とか言い捨てて、家を飛び出したのだと思います。頭に血が昇ったんでしょう。

僕を引きとめる声がありました。親ではありません。祖母でした。こんな夜中に出ていったら、お化けを見るぞと、この期に及んで僕をまだ脅かしてくるんです。うるさい！　お化けなんかいるもんか！　そう叫んだと思います。頭に来てますから。

僕は後に、自分が親に言われたのと同じことを祖母に言ってしまったことに気づくのですが、後悔や反省はなかったと思います。祖母は僕の顔を見ればすぐ、あれをするな、これをするな、じゃないとお化けが来てお前を攫ってしまうぞ、祟られてしまうぞ、そうやってお化けを使えば僕が怖がってなんでも従うと思っている、そういう人だったのです。

下駄箱の上にあった懐中電灯を摑んで外へ飛び出すと、山のほうへ走りました。

親は追ってはきませんでしたが、それは僕の向かった山が、危険のない安全な山だと知っていたからです。実際、崖とか急な坂道とかもなかったですし、川や池なども なく、緩やかに上って緩やかに下る道ばかりで、まず怪我のしようがないのです。ナショナルの銀色の懐中電灯をつけて、山道を駆けあがっていきました。

もし、墜落している円盤を発見したらどうしよう。怪我をしている宇宙人を見つけたら？　なに星人だろう。ウンモ星人や金星人のような有名な宇宙人なら嬉しい。彼らならすでに人類と交流もとっているから友好的な可能性は高い。うまくすれば彼らの星に連れていってくれるかもしれない。ロボット型宇宙人や巨人型、フラットウッズに現れたような怪物型は、話が通じなさそうだし、逃げた方がいいかもしれない。毛むくじゃら型は犬みたいなヤツならいいけど、一つ目型はお化けっぽくて嫌だなあ。いちばんがっかりするのは人間型だな、地球人と変わらないもん、そんな事を考えながら走りました。

今夜の体験が「第二のロズウェル事件」として世界中を仰天させるかもしれない。もしかしたら、アメリカ軍が調査しに来て、この山がエリア51のような場所になるかも。

もしそうなったら、両親にもぎゃふんといわせられる——そんな想像に胸をふくらませながら、墜落地点の山頂を目指しました。

金属のような臭いがしました。鉄棒をした後の手と同じ臭いです。

やはり、墜落したのだ。

本当を言えば、墜落したＵＦＯには、こんなふうに近づいてはいけないんです。人体に有害な未知のエネルギーが放出されているかもしれないし、放射能を放っている可能性もあります。それにより頭の毛が抜け、光を直視して目が見えなくなった人もいます。

山頂付近にチカチカと瞬く白い光が見えます。僕はそろそろ警戒しだしました。姿勢を低くし、木が密集して身を隠しやすい場所へと移動しながら、光に向かいました。人がいます。大勢です。

みんな、黒い服を着ています。

僕はすぐに「ブラックメン」だと思いました。

未確認飛行物体が目撃された場所に忽然と現れる謎の黒服たちです。

僕は本で読んだので彼らの特徴を知っていました。顔は細く東洋人のようで、文章を丸暗記して読むようなアクセントのない喋り方をするのです。その目的は不明とされています。宇宙人のことが明るみになると世界中がパニックになるため、情報を隠蔽してまわっているアメリカの組織説、ＵＦＯはソ連の秘密兵器であり、その秘密を守るために暗躍するソ連のスパイ説、地球侵略計画のために人の姿で世界中に潜伏している宇宙人正体説、地上侵略をもくろむ地底人説――。

これはもう、間違いないと思いました。確信しました。ここにはＵＦＯがあると。

二人のブラックメンが白い建物に入っていきました。その建物は火葬場です。

まさか、墜落死した宇宙人の死体を、証拠隠滅のために燃やしてしまう気では。

墜落したＵＦＯの機体は見当たりません。彼らがもう回収したのかもしれません。

先ほどチカチカと見えた光の正体がわかりました。四人のブラックメンが空に向け、ライトをつけたり消したりしているのです。山頂の上空に、夜でも目視できる変な黒雲があります。その雲に光を当てているようにも見えます。

するとブラックメンたちは、「ばんくろー、ばんくろー」と、聞いたことのない言葉を、声を揃えて唱えだしました。そこはベントラーじゃないんだなと思いました。

雲の中に母船がいて、『未知との遭遇』みたいに交信を試みているのかもしれない。雲を割って、未来都市の夜景を凝縮したようなピカピカギラギラ光る母船が現れることを想像し、木陰から空の雲をじっと見上げていた、その時でした。

どこからともなく、光の玉が山頂に飛んできました。

それは家の窓から見た、ラグビーボールを立てたような形状の発光体です。それと同じものがやって来たのです。

ブラックメンたちが歓声をあげました。

なにがあってもロボットみたいに寡黙な者たちだと思っていたので意外でした。

光の玉は僕が本で見たような、空飛ぶ円盤とはまったく異なるものでした。

オレンジ色の光の中心に、ヒト形のシルエットがあります。

これがＵＦＯなのか――ＵＦＯといえば、丸い窓や噴出孔のある銀色の機体をイメージしていたので衝撃を受けました。そうか、科学技術が発達すれば、乗り物なんていらなくなるんだ。きっと推進エネルギーを発生させる小さな装置を身に着けていて、もう宇宙人だけで地球にやってこられるんだと、目の前の光景にいちいち納得していました。

急になにか、すごく変な感じがしました。また鉄の臭いがします。

全身に鳥肌が立つようにゾワッとしました。でも寒いとかではなく、むしろ顔はのぼせたみたいに熱くなって、僕の中の全身の血が上に向かっていっているような感覚です。血だけじゃなくて、心臓や胃や目や脳みそ、体の中のもの全部が上に吸い上げられそうな怖い感覚があって、身体が上に、上に、引っ張られていく感じがして、もしかしてと見上げたら、山の上にあった雲があくびをするみたいに大きく口をひらいていって――。

僕の両脚が地面から離れたのがわかると、

「あ、僕、連れていかれるんだ」

諦めというのか、覚悟したというか、受け容(い)れたというのか。力を抜いたんです。

気がつくと、僕は自宅付近の道に倒れていました。

すごくお腹(なか)が空いていて、喉も乾いていて、まるで栄養分をみんな吸い取られたみたいに、からからの状態でした。服もどろどろに汚れています。おしっこをもらした跡がズボンにありました。ズボンの腰のところに家から持って来た懐中電灯がささっています。腕時計も持って出なかったので、どれくらい時間が経ったのかもわからないんです。とにかく帰ろうとふらふらの足取りで歩いていきました。

明かりのまったくない道が怖くて、懐中電灯をつけました。

すると向こうから誰かが来ます。倒れる寸前なほどに体力も限界で、眩暈もしていたし、目も霞んでいたから、僕と同い年くらいの子が来ることしかわかりません。だんだんと互いの距離が縮まって、五メートルほどの近さになった時、ようやく顔が見えたんです。

それは僕でした。

向こうから歩いてきたのは僕だったんです。

なんだこれって、怖くなって。

向こうも僕に気がついて、目と口をぐわって開いたものすごい顔で僕を見てきました。

それからどうやって逃げたのか、まったくおぼえていません。

それ以来、僕と同じ顔のそいつには会っていません。

恐ろしくて、会わないようにこそこそと暮らしていました。

あの夜の体験はなんだったのでしょうか。

※

この人は誰だ。

私の元実家のすぐ近くに住んでいるのは、窓から見える光景の描写でわかる。

同じ年齢なら、同じ学校だ。しかも、私と記憶が符合する点がいくつもある。

夏の夜、部屋の窓からあの山を見て、家を飛び出し——。

ぼんやりとだが、私にもこんなようなことがあった気がするのだ。

特に体験者が「連れていかれるんだ」と感じた場面、あそこなど、私の恐怖のイメージそのものではないか。

いや、これは私の体験だ。所々微妙に違う箇所もあるが、途中から記憶が少しずつ蘇(よみがえ)り、気がつくとその記憶を重ねながら読んでいた。祖母へ抱いていた感情など、そのままだ。

同窓生の小野(おの)に電話をした時に聞いた、私の家出とはこれか。

では、あの夜、私が見たものは——。

私はこの話の投稿者と会わなくてはいけない。

この人と連絡をとれるように神目に計らってもらわねば。

其の九　インタビュー

次のインタビュー記事は、先日、意外な繫がりが判明し、急遽、こちらから無理を言ってお願いしたものである。先方は現在、日本にお住まいではないので電話でのインタビューは厳しいと考え、メールでのやり取りを提案した。すると、こちらの環境に問題が無ければ、オンラインミーティング・ツールでのやり取りはどうかということなので、私はそれでお願いをした。

なお、カメラはオフで音声のみのやり取りである。

——この度はお忙しい中、お引き受けいただきありがとうございます。桐島霧と申します。本日はよろしくお願いいたします。

こちらこそ、無理をいってしまって。もうずいぶん日本にも戻っていないんで、たまに日本語が恋しくなるんです。うちで働いてる子が、こういうのがあるよって教えてくれて。これは便利ですね。それに、こうしてお話ししたほうが、いろいろと思いだせると思うんです。わたしも、もうおばあちゃんですから、思いだすのに時間がかかるんですよ。

お忙しいなかって仰ってくださいましたけども、ほんとに忙しくはないんですよ。今は収穫期ですけど農園も以前と比べてだいぶ縮小していますし。もうこの国は、コーヒーでは活況を望めないんで……ほそぼそとやっていますから。そもそも、忙しくない日々を送りたくて、ここに住むことを決めたんで、今ぐらいがちょうどいいのかもしれませんね。

――初めてコーヒーが美味しいものなのだと知りました。感動しました。

喜んでいただけて何よりです。あの人もきっと喜んでますわ。

深井(ふかい)さん――「ニューこしき」の女将(おかみ)さんです――と、あの人が親しくなったのも、もうずいぶん昔ですよ。あの人が医者を辞めて、駅前に喫茶店を始めた頃からですもの。まあ、喫茶店は潰れてしまいましたけれど、それがいいきっかけになったと思います。あれがなければ、このベネズエラでコーヒー農園をやるなんて、考えなかったと思いますよ。

――まさか、こうして宇代久仁彦(うだいくにひこ)氏のことをお聞かせいただける日が来るなんて、思いませんでした。私の頭のなかの、〝あれ〟を最初に見つけてくださった方です。

わたしは医療のことはてんでわかりませんけれども、桐島さんのご病気のことは、少しだけ聞いておりました。本当に大変なこと。あの人にとっても、そうとうショッキングな症例だったようです。今までたくさんの患者さんの頭のなかを見ているでしょうに、そんな人が、あんなにショックをうけていたんですもの。

当時の腫瘍の状況に関しては、宇代氏から私を引き継いだ小野寺医師から説明をいただいている。大脳皮質に静脈のように広がる〝根〟は、すでに幾つかの領域・領野に侵食が及んでいるため、失語や視覚・聴覚障害が起きて当然の状態であった。症状が出づらく発覚が遅れやすい腫瘍だが、ここまで肥大している状態にもかかわらず、宿主に何の症状も引き起こしていないことが異質であり、宇代氏には恐ろしく不気味なものに感じたらしい。

——失礼ですが、宇代氏とはご結婚を？

いいえ。ただ、一緒にいただけなんです。ほんと、ただそれだけ。

わたしたちが出会ったのは、あの人がまだ医者の時で、わたしは小さなスナックを一人でやっていました。数少ない常連さんの一人だったんです。といっても、はじめは週に一、二度、店に来る程度だったのですが。ある日から、ほぼ毎日、来店するようになって。でも、飲んでもぜんぜん楽しくなさそうだから、なにかあったのって聞いたら、「知りたくないものを知って、見てしまった、忘れたい」って。

――それは、私の頭のなかのもののことでしょうか。

たぶん。でも、お医者さんて、見たくないものも見なくてはいけないお仕事でしょ。なのにあの人、「祟りだ、祟りだ」って譫言みたいに言いながらお酒に逃げようとしていたから、いってやったんですよ。あんたお医者さまなのに、そんなことじゃダメじゃない、明日も仕事でしょ、もうお酒は控えなさいって。そうしたらなんていったと思います？「客に飲むなって、珍しい店だね」って笑うんです。笑うけど、笑ってなかった。目の奥が、怯えてた。あの時からもう、限界だったのかも。

あの人、ホラーとかSFとか好きで、そういう本もたくさん読んでいて、わりと信じるほうだったんです。超常的っていうんですか、ああいうの。『ムー』でしたっけ？　あれとか、かなり読んでいたみたいです。そういう本に書いてあることと、あの人のまわりで現実に起きていることが、たまたま符合してしまったんでしょうね。

あ、そうそう、やっぱり、わたしが代わりに謝っておかないといけませんね。

――どうしました？

あの人、けっこう、周りに言ってたみたい。あなたのこと。そりゃ、祟りだ、祟りだってぶつぶつ言いながら飲んでたら、他のお客さんも気になって話しかけますよ。そういう時に、ぽろって、話しちゃってたみたい。まあ、向こうも酔ってるし、意味もわかって聞いてなかったとは思いますけど。

でも、びっくりしますよね。医者として、一番いっちゃダメなことですもの。そんなこともわからなくなってしまうくらい、あの人は怯えていたんです。許してあげてください。

——私のことについて他に話していたことはありますか？

あなたのことは、救いたいって言っていました。まだ子供なのに。なんでこんな目に。なにも罪はないのにって、壁や机をどんどん叩いてね。悔しそうに泣いて。救えるはずだ。僕にだってやれる。あの人の世話にはならないと。

あの人のいう「あの人」は、お父様。

すごいお医者さんだったみたいだけど、でも、許せないことがあったみたい。

宇代医師の父はかつて、文部省が正式に認可した、都内の脳外科研究施設に開設された脳神経外科学部で、脳が起こす幻覚や悪性神経膠腫に対する温熱治療や免疫療法を専修し、その後もヨーロッパ各地の脳外科医術に学び、鹿島大学附属病院の副院長に就任している。当然、その息子である彼も脳の賢者である偉大な父の薫陶を受けている。

脳の常識を叩き込まれている彼だからこそ、私の腫瘍がどれだけ異常な存在であるかがわかり、ここまで恐れるのだ。それこそ「幽霊」を見てしまったかのように。

――宇代氏は親身になっていろいろと話を聞いてくれました。私の夢とか、これからやりたいこととか。子供の私にも、とてもまっすぐに接してくれました。

あの人は優しいことだけが取り柄だから。そう、こんなことも言ってました。

どんな命も平等だ。すべての命は掛け替えのないものだ。代替品なんてない。

でも、僕が救うべきは、どっちなんだ。

どっちを救うのが正しいんだ――って。

――「どっちを」とは、私と誰か、ということですか。誰のことかわかりますか。

いいえ。それは言ってなかったし、わたしからも聞かなかった。でも、ずっと悩んでたから、わたしはこう言ったの。命は平等なんでしょ。なら、どっちも救ってあげればいいじゃないって。今思い返しても、無神経な言葉だった。はじめてよ、あの人がわたしに、あんな怖い目を見せてきたのは。

それができないから、苦しいんだって。僕にはどっちかしか、救うことはできない。それに、どっちかを救うには、僕はどっちかに鬼にならなくてはならないんだって。

――宇代氏は、救う命の選択を迫られていた？

ええ。つらそうだった。とても。

――宇代氏は他にもなにかを恐れていましたか？　あるいは誰かを。

そうね、あの町のことは恐がってた。変だったでしょ、あの町。

それから、空ね。夜空を見上げて、横に女がいたら、普通はロマンチックなことの一つや二つは言うものでしょ。でもあの人ったら、震えながら、空につれていかれるって。

意味不明でしょ。

きわめつけは、もう一人の自分が見えるって言いだして――。

――もう一人の自分、ですか。それは幻覚ですか？

幻覚でしょう。だって、もう一人のあの人なんて、わたしは見なかったですもの。あの人だけが見えるのなら、それはそういうことでしょう？　心まで疲れきっているのねって、可哀そうになりましたよ。

ああ、こんなこともありました。やっぱり、話していると思いだすものですね。

「もう僕は匙（さじ）を投げるよ」って急にいってきて。なにをって聞いたら、あの患者は東京の友人に任せる、この町にいてほしくないからって。

——私のことですね。いてほしくないとは、私にいなくなってほしいのか、この町から出ていったほうがいいということか、どちらの意味だったのでしょう。

どっちもでしょうね。あの人は、あなたを怖がっていたけれど、救いたいともいっていた。それに、あなたが引っ越していっても変わらず、あの人は何かに怯えていた。たぶん、あの町に。だから病院を辞めたんです。ああ、辞める前に変なことを言っていましたね。この町にはもう病院なんていらなくなるよって。

——どういう意味でしょう。

意味はわかりませんけど、実際、今はもう、あの病院はないんでしょ？　病院のあった場所は更地になってましたでしょ？　けっこう、大きな病院でしたよ。若者より、年寄りの多い町だったのに、病院がないなんて、どんな町なんでしょうね。なんで、あの人のいった通りになったなんで、あの人はあんなことをいったのかしら。なんで、あの人のいった通りになったのかしら。あの人はまるで、こうなることをわかっていたみたいなんです。

そんなこんなでね。気がつくと、ずっと一緒にいたんです。あの人は仕事を辞めて、抜け殻みたいになっていたから、何かしたいことを始めたらっていったら、じゃあ僕はコーヒーが好きだから喫茶店をやりたいって、子供みたいな理由で本当にはじめちゃって。あの人って器用だから、見よう見まねでやったら、できてしまうんです。まあ、地域の人たちからしたら、この前まで身体を診てもらっていた先生にコーヒーを淹れてもらうんですから、複雑でしょうけれど。

でも、そこも潰れちゃった。景気がどうって話ではなくて。あの人は、あの町では、なにも長くは続けられなかったんです。きっと、ううん、ぜったいに。

で、また無職になってしまったんで、「じゃあ今度は二人でコーヒー農園でもやる？」って冗談半分でいったら、次の月にはスナックを畳まされて、渡米の準備ですよ。わたしはわからないことだらけで、全部あの人にまかせきり。あの人、あんなに集めていた怖い本も全部捨てたか人にあげたかして、部屋を空っぽにして。で、ベネズエラ。始めは土地を借りて、コーヒー豆栽培のノウハウを学んで、自分たちの農園を持って、農場も拡大して、人も雇って。後は晴耕雨読の生活をってね。

――お聞きしづらいのですが、その後は。

別に、亡くなったりはしていませんのよ。本格的に隠れるって。

今後はずっと、お化けのように人目を避けて生きるって。

――ベネズエラに来てまでも、まだなにかを怖れていたのですか。

いいえ、あの人には、守るべき〝お化け〟がいたの。

あの人は、最期の時をすごす相手に、わたしじゃなくて、そのお化けを選んだ。そのお化けは、ある晩に出会った、本当のお化けなんですって。

だから、そのお化けと一緒に、自分もお化けになってあげるんですって。

——謎、ですね。

ああ、そうそう。こんなことも言っていましたっけ。

「ないとは思うけど、もし僕が帰ってきても、迎え入れてはいけないよ。それは僕だけど、僕ではないから。医者として、僕はもう一人の僕を受け容れない」

わけがわかりませんよ。最後まで。

それからは、わたし一人でどうしようって考えましたけど、もうこっちの人間ですしね。このままでもいいかって。で、それからは若い働き手をもっと増やして、今は全部を任せて、わたしが晴耕雨読の生活です。

あの人が毎年うちの農園の豆を送っていたところの住所のメモがあるので、今はわたしが代わりに送ってます。そのおかげで、こうして桐島さんともお話できました。

——一番、お聞きしたいことがあるのですが。私が搬送された翌日、宇代氏から事件当時の状況を訊かれ、それに答えています。ですが、今の私は、あの事件当時の記憶がなく、また、宇代氏に質問をされて答えたことさえも覚えていません。だから、その記録を探しているのです。そういう記録は病院での保管になるのでしょうが、もうその病院もなく、病院に保管されていた医療記録の行方も辿れません。絶望的です。

ですから、あなたが宇代氏から、その当時のことを何か聞いていたらという一抹の希望を胸に、今こうしてお話を聞かせていただいています。

桐島さんのことは、いろいろお聞きしましたよ。

お婆様のこと。家出をされたこと。その頭のなかのこと。

そして、あなたが求めているものかはわかりませんが——

遺書ではないと思いますけど、ノートにこんな言葉を残していました。

読みますね。

「僕は重要なことを記録しなかった。彼は、二人目だ」

其の十　恐怖のイメージ

宇代(うだい)氏が空に抱いていた恐れ。「山でみたもの」の話者の体験。どちらも、私が子供時代から抱き続ける《何かにつかまれて、とんでもなく高いところへと連れていかれる》という恐怖のイメージに似ていると感じた。そして今は、「あの夜」に体験したことだけは、夢や妄想などではなかった、という思いに駆られている。

思いだすのも恐ろしいが、「あの夜」の体験を書いてみることにした。

もしかしたら、おかしなことを書くかもしれない。また、発作が来そうなのだ。ここが乱文の混沌(こんとん)と化す恐れもあるので、読み苦しさを感じたら、この頁(ページ)は飛ばしてもらいたい。

昭和五十九年、頭の中に腫瘍が見つかった後、私はしばらく検査入院をした。窓から空が広く大きく見える素敵な個室だった。カーテンを全開にし、いつも月を見あげていた。

それはあの夜、ふいに始まった。私の病室、正確にはベッドのなかからはじまった。

まず、月の出現時に白む空のような、青みのある白光が窓から差し込んできた。

ベッドの上の私は、その光に攫われた。光には手も爪もないけれど、頭を摑んで持っていかれたのがわかった。そのまま全身を引き伸ばされるような、強烈な吸引力によって、頭から窓を突き破って、勢いよく外へ吸いだされた。たぶん、そこまで一秒もかかっていない。私が頭で窓を割ったのか、ガラスを擦り抜けたのかもわからない。私が子供だなんてお構いなしの速さは、巨人にストローで吸い上げられているかのような、絶望的な吸引力で私の全身を締め上げた。上を見上げると、月があった。月白の円い光である。月は十字架を抱いているかのような、痛々しい裂傷を交差させていた。禍々しい。頭の中に色が入ってくる。この速度の中では視界に入るはずのない、どこかの光景が頭の中に入ってきた。

歯ブラシのブラシ部分のように並ぶ山林。緑の広大な草地。白や紫の花が咲いていて、花弁が夜闇にぼんやりと灯っていた。あれはたぶん、花菖蒲だ。肥沃な土地。見渡すかぎりの穀倉地帯。海にばらまかれる人間大の蛹。人間の失敗作みたいなものも地上へ墜ちていく。遠くの山のシルエット、名前は忘れたが、たぶん県境にある山だ。永遠に燃え続ける山火事。

そういったキャプションのない画像が、スライド写真のように脳内に滑り込んでくる。見てもいない景色を無理やり、記憶に焼き付けられている。信じられないかもしれないが、私は今、それらをすべて思い出しながら文字にしている。

どれぐらい空に吸われていたのか、ようやく自分の身に起きていることがわかった。私の足が遠すぎて見えない。足は引っ張られすぎてピアノ線よりも細くなって眼下の闇のなかへと消えている。私はもう帰りたくて地上の方向へと手を伸ばした。私は私の手を置き去りにした。指先いっぱいに広げた手が、残忍な速度で遠ざかっていく代わりに、私はそのぶん高いところへと引き揚げられる。叫んでもどうせ、声も置き去りになるのだろう。このまま、体も目も歯も頭も魂も置き去りにして連れていかれたら、最終的には自分は、置き去りにされた側と連れて行かれた側の、どっち側にいるのだろう。

翌朝、看護師に起こされた。手も足も、ちゃんと私のそばにある。

窓ガラスも割れていない。夢だったのだ。

昨夜の夢の内容と、体の節々の痛みを医師に訴えた。眠りながら体を激しく動かしていたそうだよ。そういわれた。その後もたまに、あの夜ほどではないが、怖い悪夢を見た。ある晩から寝ている時に、不気味な音が体内から聞こえてきた。骨が嫌な音を立てて軋(きし)んでいる。関節がカコンとはまりなおす。軋んだ骨付近の筋肉が泡立つような音を立て、激しく蠕動(ぜんどう)しているのが表皮の上からわかる。医師は私の体が成長をしているのだと言ったけれど、あれはそんな言葉で片づけられる現象ではなかった。まるで、私という蛹の中で羽化しようとする何かが、筋肉も骨も血管も内臓もどろどろ状態の私のなかで、私を作り直しているようだった。

首の付け根に、濃紫色の内出血痕ができた。強く引っ張られたことによるものだった。そのぐらいから、私は自分でも気付きだしていた。

身長が伸びていることに。

小学校の背の順では一番前だった私が、退院する頃には、前から六、七番目くらいの身長になっていた。

高校に入学する前には、百八十センチを超えていた。

あの時の私に何が起きていたのか、今になってわかる。

あの成長は、頭の中の「ひとだまさま」の影響だったのだ。あれは私の魂と一体化し、夜ごと、私の肉体から遊離していたのだ。これも一種の「離魂病（りこんびょう）」に違いない。そうでなければ、説明がつかない。ならば、あの恐ろしい夢を見ている時の私の肉体はどうなっていたのか。「ろくろ首」のように、首が長く伸びていたのか。首のない胴体がベッドに寝ていたのか。

また、あの夢を見る予感がする。鼻の奥で鉄の臭いがするのだ。発作かもしれない。どちらにしても悪い兆しだ。再び、あの夢を見だしたら、また徒（いたず）らに背が伸び続けるのか。冗談ではない。そんなことになれば、いずれ私の背は、あの忌まわしい月に届いてしまう。

其の十一　兆候

はい小野(おの)です。おお、伏見(ふしみ)くんか、まだこっちにいたんだな。

取材の方は進んでるかい？　ん、女房？　おお、元気、元気。え？　いや、病院は別に行ってないな。遠いんだよ、この町にないし。それが、近所の婆さんにいい漢方をもらってさ。今はそれ飲んで、後は新鮮な空気と——え？　ああ、漢方は売ってるやつじゃないっていってたけど、どうかなぁ、ちょっと女房に聞いてみるよ。待っててな。

——わるいわるい、待たせたね。なんか普通に薬局で売ってるやつみたいだよ。

うん——あのさ、ちょっと今立て込んでて、また後日でいいかな。ごめんね。じゃあ。

※

もしもし、大場(おおば)ですが——。あ、伏見くん、こんにちはぁ。

え？　元気だよ？　変なこと聞くんだね。うん。ほんとはすぐ戻る予定だったんだけど、せっかくだしもう少しゆっくりしていこうかなって。旦那もこっちに呼ぼうかと思ってて。

お葬式？　うん、まあ、退屈だよね。田舎の葬式って感じだった。でもまあ、懐かしい顔もあって、たまにはこういう感じで集まるのも悪くないかもって思ったよ。

そういえばさ。伏見くん、お葬式の時、いた？

あれ、そう？

そっか。そうだよね。ううん、なんか見たような気がしてさ。

——それ、ほんとだよね？

そう。わかった。うん。はぁーい。

※

明らかに二人とも態度がおかしかった。

同窓生の小野には、この町に来てから健康になったという妻のことを聞くつもりだったが、一方的に通話を切られた。彼の声の奥から「ねえ、その人に今どこにいるのか聞いて」と女性の低い声が聞こえてきた。私は彼に救われたのかもしれない。大場那奈子(ななこ)の質問には、ゾッとした。先日の件がバレていたのだ。逃げ出した時に顔を見られたのか。

彼女が気付いているなら、あの場にいた皆が私に気付いていたはずだ。最近、この町でいろいろ嗅ぎまわっている「ニューこしき」に宿泊している男だと。

彼らだけじゃない。

町全体の空気が変わった気がする。

人々の私への視線、距離感、すれ違う時や、レジでお釣りを渡す時の手の速度。私を観察するように、私と接する時の動きが緩慢になり、その目は私の動きを追って動く。気のせいだと思いたいが、気のせいとは思えないくらい、それらの変化は露骨に表れていた。身の危険を感じ、この地を去るべきかと先ほど駅に向かってみたのだが、到着した日はあんなに閑散としていた駅前が、やけに人が多かった。しかも皆、なにをするでもなく、ただ立っていた。嫌な予感がして、引き返した。

不気味だ。一カ所に居続けず、ずっと移動しているほうがいいかもしれない。

今はとても神目からの連絡が待ち遠しい。

神目だけだ。私を心から心配し、力を貸してくれる、生きている人間は。

しかし、依然として正体は不明だ。年齢も性別も――だが、関係ない。

顔も声もない相手と文字だけで伝えあうこの関係は、私に合うようだ。

それに神目は秘密主義者や隠遁者という感じもしない。社交性もある。ひじょうに魅力的な人間だ。あれほどの膨大な情報をたった一人で管理し、多くのユーザーに支持され、世界中のクリエーターから憧れられている。ここまですごいと嫉妬心も生まれない。

とにかく、人のいないほうへ、いないほうへと歩を進めた。このまま、隣の羽咋市まで逃げ切れば、あの町の住人も追ってこない——なぜか、そんな気がした。

畑ばかりの開けた土地、人はこれを長閑な景色というのだろうが、遮ってくれるものがないので私は落ち着かない。通り過ぎる車がいちいち私の横で一度速度を落とす。私は下を向いたまま車が行き過ぎるのを待った。

道路が急勾配な坂になっている。左手に広がる畑は平地を維持しているので、道路が高くなればなるほど、危ない段差ができる。その段差に隠れるように小さな建物があり、畑はそこを避けるように作られている。建物は民家という感じもしない。

どうも気になり、いったん道を戻って下り、怪しい様子が少しでもあればすぐに逃げ出そうと警戒しつつ、畑側にまわってその建物へ向かう。建物は横に長いプレハブ造りで、入り口脇に『新宇宙文化博物館』とペンキで書かれた看板が掛かっている。

「新」とあるが、まったく新しい感じがない。同じ宇宙博物館でもコスモアイルとは雲泥の差だ。おかげで少し緊張感が緩んだ。ここで少しやり過ごすかと引き戸を開けると、その中は埃臭くがらんとしていた。入ってすぐの場所に黄色いビールケースが置かれ、そのなかにビニールスリッパが適当に詰め込まれている。スリッパの山には蜘蛛の巣が張られており、どれだけ来館者がないかを如実に伝えていた。

人が出てくる気配はなく、パーティションで作られた通路を右手に進む。パーティションには随分と古そうなモノクロ写真のコピーが貼られており、一瞬なにかわからなかったが、よく見ると人の首から上である。額の中央に向けて顔全体がくぼんでおり、顎側からの撮影なのでわかりにくいが、頭頂部が花弁のように開いている。

他にも額をきれいに丸く抉り取った画像や、脚を広げた蟹のような形状の器具を額の両側からひっかけられ、眉間の開口部の奥をカメラに見せつけている画像もある。

私は一枚の写真を見て、我が目を疑う。

そこに写っているのが、私の脳に鎮座する「ひとだまさま」だったからだ。

『祟（たた）りを恐れた人間たち』と題された展示には、びっしりと解説がある。

なんてことだ。偶然に見つけて入った小さな古びた博物館で、私は私を取り巻く《謎》の中枢といえる頭の中にあるものについて、微細にわたり書かれた記録を見つけたのだ。

ひとだまさま　真説

昔、この地を「人の姿を似せる化け物」が横行したと伝えられていた。

これに遭うのを不吉とし、見た者に死を招く凶兆として忌まれたが、それは心得違いである。これは異郷の神が人々に「稀なる医術」を授けるためにもたらしたものなのだ。

人は肉体が滅べば死ぬ。ならば滅ぶ前に新たな肉体を得られるようにと、神はこれを作り給うた。

だが、異郷の神は、人に乗り移り、夢に現れ、意志を告げるような託宣はしない。目の前に現れた自分の写し姿が稀世の妙薬だと知る由もない人々は、これを狐狸妖怪だと恐れ、この化け物はいったいどこまで人なのかと、その頭を開いた。そこには脳髄にへばりつく白い腫物があり、これを見た国手医聖は口を揃えて「これこそ化け物の証なり。自分の姿を似せる怪しきもの見れば、即捕らえ、頭のなかを見よ」と民衆に布告した。

しかし、脳の白腫は「次の薬」が生まれるための「蛹」であり、本来は名のある薬師に扱われるべき妙薬なのである。だが、神がそれを教えなかったため、これは「ひとだま」と呼ばれ、人を攫って入れ替わり、何食わぬ顔で人として暮らす妖怪とされた。

その名の由来は諸説あり、ひとつは人の姿で騙していれかわる「ひとだまし」、これが転じて「ひとだま」になったという説。「だま」という語が今も「騙す」意味であるのも、「魂」を指す「たま」に腫がついたことで「だま」となったからといわれる。

別の説では「人偶」と字をあてる。「偶」は「禺」、これは「借りる」を意味し、人の姿を借りたものという意味になる。また「偶」は二で割り切れること。つまり、二つあること。そして、「釣り合うこと」。これは、分身は力も知能も同じで力の差は均衡を保つゆえ。

「禺」は「なまけもの」も意味し、「同じもの」が二人いても仕事は一つしかなく、もう一人は何もせずに怠けてしまうゆえ。その他、「偶」は「並ぶ」「揃う」「仲間」「ともがら」でもある。

つまり、この「ひとだま」は飛ぶ魂魄に非ず。人の姿をした霊薬のことであり、鹿島の地ではこれを「ひとだまさま」と呼んだのである。

※

人の姿形をした薬であり、同じ姿形の人のみを救うことができた――。

それは、移植用クローンということではないのか。

この話が真実なら、私は誰かのコピーということになる。

いや、誰かではない。本物の私だ。しかも、私の頭の中の腫瘍からは、また私と同じ姿のコピーが生まれるということか。

これが、真説だと？

邪説も甚だしい。こんな薄汚い怪しい博物館に貼られた紙きれの言葉を信じろと？

「あなた誰」

私は飛び上がるほど驚いて振り向く。

薄汚れた作業着を着た老人が奥から現れた。「こういうの好きな人なの？」そういって汚れた軍手を脱いでそのへんに置くと、「どうぞ」と奥へ歩いていく。私は黙って後ろからついていった。妙な動きを見せたらすぐに逃げるつもりだった。パーティションの通路が終わり、白い布が垂れ幕のように下がっている。老人はそれをめくりあげると、私に入れと目で合図する。その先には、ガラスの展示ケースがいくつか並んでいて、中には、汚れた金属片が並べられている。近づいて見ると『一九四二年金丸（かねまる）村の竹林で発見された破片』と書かれている。ここにあるものはみんな墜落した空飛ぶ円盤の残骸だと老人はいう。しかし、私にはどう見ても潰れた一斗缶や、ひしゃげたアルミ鍋の蓋にしか見えない。そんななかのひとつに、私は気になる展示を見つける。

『一九九一年　Bogeyと接触し墜落したセスナ機の尾翼の一部。米軍より提供』

Bogeyと接触――いったい、なんだろう。

「それは、ボギーと読みます」老人が説明する。「正体不明、敵の可能性がある航空機のことです」

正体不明のボギーか。神目と同じじゃないか。

「あれ？」

老人が目を真ん丸に見開いて顔を覗（のぞ）き込んできた。

「ああっ、あなた、噂（うわさ）の作家さん？　よかった、ちょうどあなたにお会いしたか――」

私は走ってこの場から逃げ出していた。

無我夢中で走っていたら、気がつくと私の足はなぜか大福山に向かっていた。日中に訪れる大福山は、子供が絵に描いたような、きれいな曲線と混じりけのない緑一色だけで構成された、嘘みたいに山らしい山だった。

ほぼ無意識に、なにかに導かれるように、私は山を登っていた。

鼻の奥に鉄の臭いが居る。凶兆だ。あの発作の苦しみと恐怖をまた味合わなくてはならないのか。体の震えが始まった。制御できないほどの震えで三半規管がおかしくなったのか、ワンワンワンワンワンという音が右の鼓膜の内側と左の鼓膜の内側の間、つまり私の頭のなかを行ったり来たりしている。震えは次第に大きくなる。

いや、これは私の揺れではない。地面が、大福山が揺れている。

鉄の臭いが強くなる。頭が割れるように痛みだす。平衡感覚を失い、私は倒れる。

耳元で草を踏む音がし、倒れている私のそばに誰かが屈みこんだのがわかった。

「これが『二人目』か」

その声には、聞き覚えがあった。

其の十二　システム

私は今、宿の客室でこれを書いている。

テーブルのICレコーダーからは、老いた男性の掠れた声が流れている。蜈蚣が砂の上を這いずり回るようなざらついた声だ。

なにかが聞こえた気がし、レコーダーを止めて、ドアの向こうの気配をうかがう。

カーテンの隙間から、窓の外を確認する。

誰もいない。安堵の息をつく。こんなことを先ほどから幾度も繰り返している。

こんなに一人でいることが心細いのは初めてだった。

神目と話したい――いや、話したくらいで解決する問題ではないのだが――。

そもそも、この場合の解決とはなんだ?

再生ボタンを押すと再び、機器の穴から、ざわりと声が這い出てくる。

先刻、私は発作により大福山で倒れた。その時、小指ほどの太さの固い何かを口にねじ込まれ、無理矢理嚙まされた。口の中でバツンと弾け、末端から苦臭いどろっとした汁が溢れて口内に広がった。身体が反射的にそれを吐きだそうとしたが、分厚い手が私の口を塞いだためにそれはかなわず、私は涙と洟汁を流しながら口の中のものを飲み込んだ。すると、嘘のように痛みと恐怖が治まった。それだけで、何を食わされたかがわかった。真夜中の葬儀で年寄り連中が食らっていたアレだ。

塞いでいた手が離れた直後の私の第一声は「取材させてください」だった。

こうして私は、王町の秘密を知る、最重要人物たちから話を聞きだすことができた。

※

老仙会と名乗る彼らは、王町の有力者である六名の老人である。

六人のうちの一人、黒羽龍児郎氏の屋敷に招かれた私は、彼らが会合に使っているという離れ座敷に通された。

黒羽氏は大正四年生まれ、現在一〇六歳。町中央に広がる二六・六ヘクタールの畑と大福山すべての土地を所有する、町一番の豪家であり、有力者である。私は大場那奈子の親族の葬儀で氏と出会っている。「タマヨバイ」の儀式を呼びかけていた仙人髭の長老である。町史に名を残すほどの名士であり、汪村（現在の王町と金円町の北側一部）で郵便局長を二十年務め、その後は産業発展に尽瘁し、隣村・金丸村の大地主・島桑甚左衛門と官許を得て、海岸埋め立て地の大事業を興す。その後は所有する山と農地のみ残し、他はすべてを子供たちに分与している。

他五名もこの町で成功し、一財産を築いた名のある金満家である。

黒羽氏は老境の最果ての域にあるが、皺刻む皮膚は陽を吸って黒光りし、鍛えられた表情筋が作り出す面相は大袈裟なほどに豊かで、山中暦日無しという居住まいだが、たまに餓狼のような獰猛な笑みを見せることがあり、その目の奥に野心の火種が垣間見えた。

私は自分の立たされている境遇を包み隠さず表明し、ご教示仰ぎたい旨を伝えた。

この町で祟られて、これより半年の後に死ぬのですが、なんとかなりませんかと。

「では、この町に戻ってきなさい」

小山田と名乗る短髪白髪の老人が、ビーフジャーキーを噛みながら話しだした。

「そしてまず、この町の〝システム〟を知ること。申しわけないが、私たちはそれをあなたに教えることはできない。なぜなら、私たちはすべてを知っているわけではない。いや、ほとんど知らないのかもしれない。神のみぞ知るといいますが、私たちの町ではなぜ、このようなことが起きるのか、誰も知らない。知っているのは本当に、神のみなのです。その神というのも私たちが勝手にそう呼んでいるだけで、実際はなにものかも知りませんし、あちら側の思惑なんて、これっぽっちもわかりません。どんなに長く生きて、町の長老を気取っても、神から啓示を受けているわけではないのです。これは神の救いだ、恩恵だ、とすることで、私たちにとっては素晴らしい存在ということにしておける。そういうことなのです。これから私が話すことも、この町のシステムを構築する一部です。どう捉えるかは、あなた次第です」

私次第？　いきなり、神とかシステムとか聞かされても、なんのことやらさっぱりだ。知っていることは話すが、それ以外は自分で考えろと言うことか。

それにしても私はこの町の老人たちが、町の秘密を守るためならどんなえげつないこともする、「永遠の命」にとり憑かれた吸精鬼（きゅうせいき）なのではという想像もしていたのだが、意外にも協力的だったことにほっとしていた。黒羽氏などは私に「この町のことをぜひ本に書いてください。なんでもご協力しますよ」とまで言ってくれた。もちろん、鵜呑（うの）みにするつもりはないが。

火車（かしゃ）を視（み）た　小山田信三（しんぞう）翁　老仙会　理事

昭和の中期ごろまで王町や金円町では死体が盗まれる事件が頻発していた。

どの家も家族を盗まれぬようにと「火車よけ」に鉄の刃物を遺体のそばに置き、住職が朱墨で一筆入れた守り札を棺（ひつぎ）にのせた。

小山田氏は火の車や猫の化け物が死体を奪うなど、この世にそんな馬鹿げたことが実際に在ろうものかと一向に信じず、おおかた不届きな悪賊の仕業であろうよと思っていた。

そんなある年の夏、祖父が亡くなった。九十六歳と大往生である。

通夜の晩は親戚が祖父の床を囲み、「酒に女に遠慮のない放埓（ほうらつ）なもんが長生きするんだ」と祖父の人生を皆で羨んだ。

風が出てきたのか、窓ががたがたとうるさく鳴りだした。

思い出語りは夜半まで続いたが、父の浮気話を元気に話していた叔母が急にガクンと頭（こうべ）を落とし、ぽてりと横になって寝てしまった。すると、ぽてり、ぽてり、ぽてり。親族が一人、また一人と畳に転げ、鼾（いびき）をかいて寝る。気がつくと、自分以外はみんな眠っていた。

疲れはこれほど急に出るものかと見ていると、小山田氏も強い眠気に襲われだす。

自分が寝てしまえば祖父の番をする者が一人もいなくなる。

手の甲をつねったり、唇を噛みしめたりと睡魔に抗（あらが）おうとするがまるで効かず、どうもおかしいと異常に気付いたが、ついに小山田氏もぽてりと畳に転がった。

だがすぐは眠りに落ちず、少しでも眠気に抗おうと必死に目を開けていた。

すると、寝ていた叔母がむくりと起き上がり、そのまま窓に向かった。がらりと開けると温い風が部屋に入り込む、窓の向こうの夜陰には蜜柑（みかん）のような色の炎が燃えていた。

窓を開けた叔母はご機嫌な笑い声をあげ、畳で寝ている親族を軽快に跳びよけ、部屋を出ていった。

温い風と共に蜜柑色の炎の塊が窓から入り込んでくる。

布団に寝かされていた祖父がむくりと起き上がって、その姿勢のまま背中から橙（だいだい）の炎の中へ、ぬるんと吸い込まれた。その勢いで祖父の着物は脱げ、痩せて白けた裸体の祖父は炎を全身にまとったまま、ふわふわと宙を浮きながら窓から外へ出ていった。

小山田氏が這って窓の方へいくと、夜空に金属的な光沢をもつものが壁を作っており、その壁に開いた横長の口の中へ、橙の炎に包まれた祖父が滑らかな逆放物線を描いて吸い込まれていった。

この時、空の壁から来るものか、窓から入り込む風は金属的な臭いがしたという。

火車を視た　考察

これは重要な証言だ。小山田氏のこの体験談により、この地でたびたび目撃されている、「光りながら飛ぶ人」と「火車」が同一の怪異であることが確実となった。

やはり「火車」とは何らかの目的のために死体を運搬するシステムだったのだ。

この話で着目すべきところは、遺体を盗む手引きを親族がしていたことだ。

叔母が親族全員に睡眠薬のようなものを飲ませたのだろう。そして自分も眠ったように見せかけ、頃合いを見て起き上がり、窓を開けて「火車」を導いた。おそらく、「火車」は伯母からの報告で事前に祖父の死を知り、外で待機していたのだ。

小山田氏が見た、空に現れた金属の壁。それが「火車」の本体なのか。それとも「火車」を使って遺体を集めている存在か。

あの「空の壁」の中へ連れ去られた遺体はどうなるのか。

叔母は操られていたのか。あるいは、この手引きにより、なにか利を得るのか。

小山田氏によると、以来この叔母とは会っておらず、真相は不明なのだそうだ。

私の祖母も同じやり方でつれさられたのだ。阿武瀬川(あぶせがわ)周辺で目撃された「燃えながら飛ぶ裸身の婆さん」は、移送中の祖母の可能性が高い。手引きしたのが誰なのか検討もつかないが、事情を知っている親族は一人や二人ではないだろう。親族の遺体を何かに捧げるなんて、一定数の賛成がなければ実行などされるはずもない。だがおそらく、反対する者はほぼいないのだろう。賛成はせずとも許容はしているという感じか。

真夜中の葬礼も事情を知る親族が納得したうえで行われる「遺体なき弔い」なのだ。

しかしながら、あの葬礼はそれだけの意味ではなかった。

「タマヨバイ」の儀式で皮だけ返ってきたカヨコの謎が残っている。あの夜、「タマヨバイ」を先導していた黒羽氏に訊(たず)ねてみた。

真夜中の葬礼から見る返却遺体の状態の違いと火車の動機

真夜中の葬儀には二つの意味があった。

一つは遺族が遺体を「火車」に捧げた後ろめたさから、人目を忍ぶため。

もう一つは、遺体が戻ってくる可能性があり、その受け取りをするためである。

遺体が戻れば火葬できるが、遺体が完全な状態で戻ることは限りなく少ないそうだ。骨上げしたくとも骨が返却されない場合もざらで、そのために代用の骨も用意するという。

「タマヨバイ」は遺体の一部でも戻って欲しいという遺族の願いの儀式であり、スポットライトで空を照らすのは、「空の鉄の壁」への信号なのである。

カヨコは体の皮が丸ごと返却されていた。あれは「良い状態」に入るらしい。全身像がわかるからである。臓器が一部から複数抜き取られている遺体、眼球や舌がない遺体も「良い状態」。カヨコの逆パターンで中身だけが戻される場合もあるが、そうなると誰かも判別が難しくなるので、「悪い状態」とされる。返却量でいえば〝中身〟のほうが皮より多いだろうが、そこはあまり重要ではないらしい。

では、返却されないパターンとは――。

これは、「おそらく」がつくようだが、遺体として惨たらしい変化を遂げている場合は、遺族の感情を考慮して返却されないのでは、とのことであった。

返却不可と判断されたと思しき遺体が、ときおり、降ってくることがあるのだそうだ。

大半は海に投棄されるのだが、まれに陸地でも見つかるという。

遺族の気持ちを慮る配慮がありながら、空から棄てるとは雑な処理である。

これまでの情報から概括すると――。

「火車」が遺体を持ち去る動機は、やはりなんらかの研究目的ではないだろうか。

各地に分布する「火車」伝承のすべてが王町の「火車」と同じものなら、〝彼ら〟は人間を研究材料として大量に欲しているということだ。そして、目の前の老人たちのような協力者には見返りとして、〝健康〟を与えていると考えられる。

天蛹

老仙会　会長　大河原卓二翁

漁師であった二十代前半の頃、大河原氏は漁礁付近で奇妙なものを見つけた。

漁礁とは海底にある魚の集まる岩場で、漁師仲間の間では御櫃と呼んでいた。ここなら必ず魚が獲れるので生活の糧となるからであるらしい。だが、それゆえ場所の取り合いになるので、早い時間に船を出して投錨したものだという。

その日は、妙な空模様であった。布団のように厚く広く白雲が空を覆い、その雲の下面に瘤状の灰色の雲玉がいくつもできている。見たことのない形状の雲であった。異変は空のみならず、獲れる魚がどれも死にかけていた。体が捩じれて括れ、目が半分ほど飛びだし、桃色の胆が口から舌のように覗いていた。これは不吉の兆しやもしれぬ、一旦帰って出直すかと戻る準備をしていると、目の前で大きな水柱が立った。飛沫を雨のように浴び、大魚でも跳ねたかと白波の立つ先に目をやると、海面に何かが浮いている。

全長百二、三十センチほどの飴色のもの。

流木か。

いや、違う。それは自然のものの形には見えない。

どういう形だろうか。しいていえば、仰向けになって膝を曲げた人が、胸元で手を合わせながら浮いている。そのような姿形に見えなくもないが、そこまで細やかな細工があるでもなく、中途で彫るのを止めてしまったできそこないの像のようである。

顔にあたる部分はのっぺらぼうで、口のあたりに浅い窪みがある。

舟を近づけてみる。わずかに立った波で大きく揺れている。軽そうだ。

気にするようなものでもないのだろうが、放っておけない形ではある。この町の観音堂の観音様は、海から拾ったものだと云われている。長い年月、波に打ち削られ、手足が擦り減って蛭子のようになっていた木像を、輪島堂本玄なる彫物師が見事な観音様へと蘇らせた——そんな縁起が伝えられていた。

――こいつも、そうやって生まれ変わるだろうか。

大河原氏はそれをなんとか舟に引き揚げた。

しかし、家に持ち帰ると妻が物凄い剣幕で怒り、「そんな気味の悪いものを持って帰らないで」と廃棄を求めた。では明日、捨てに行こうと戸外にそれを出しておいた。

それから小半時ほどして、近くに住む漁師仲間の平蔵が急に訪ねてきた。

怒りの形相で大河原氏の胸倉を摑んで、「外のあれはなんだ」と言う。海で拾ったものだと言うと、「嘘をつくな、こんなもの海にあるか」と戸外にあるそれを指でさす。

見ると、先ほど見た時と何かが違う。一目でわからず、ややあって、「あっ」と気付いた。

顔の凹凸が深くなり、人の顔になっていた。

平蔵が激怒している理由がわかった。

海で拾ったものの顔が、先月亡くなった彼の女房とよく似ているのである。

いくらなんでも、死んだ人間の、しかも仕事仲間の女房に似せた像を拵えるなど正気の沙汰ではない。そんな不気味な悪ふざけなどしないと訴えると、平蔵も「たしかにそうだ」と納得し、ではこれはなんだ、と顔を見合わせる。

四十九日も迎えていない仏さんに化けるなんて、あまりに不吉すぎるからと二人でそれを海に捨てた。海に流す時、いちおう手を合わせてナンマンダブと唱えて見送った。

それから幾日も経たず、近くの浜で死体があがった。

平蔵の女房であった。

先月、土葬を済ませたばかりなので、盗み出されたものかと確認をしたが、平蔵の女房の遺体は墓地にちゃんと埋葬されていた。だが、浜にあがった死体も間違いなく彼の女房なので、如何にすればいいかと頭を抱えていると、海からあがった女房の遺体は半日もせずに、ぐずぐずに腐れて消えてしまった。

その後、漁師をやめて王町へ居を移した大河原氏は、住み家のことで世話になる黒羽氏にこの話をすると、「それは天蛹といって、偶(たま)にお釈迦(しゃか)様が天から降らせてくれる有難い妙薬だ。使い方次第で万能の薬にも長寿の薬にもなるものだぞ」そういって、心底惜しそうな顔をしたという。

天蛹　考察

これは、この町の老人たちが持つ異様な健康に対する疑問、その答えの一つである。といっても、釈迦が天から降らせるはずもない。それを降らせているのも例の「鉄の壁」なのだろうかと問うと、それはわからないと大河原氏は首を横に振った。

これが月から降るという中国の伝承もあった。

「蛹」というからには、何かが羽化するのか。私は博物館の「真説」にも「蛹」という表現があったことを思いだす。どちらも万能の妙薬。決して遠からぬものだろう。

この『天蛹』を解剖してその成分を分析しようとした者がいる。

その名を聞いた私に衝撃が走った。

宇代久仁三。

私の最初の担当医師である宇代久仁彦氏の父親である。

経緯から書くと、久仁三は以前から「天蛹」による治療・延命を快く思っていなかったらしい。得体の知れぬものを治療に使うことは、医師として看過できない。だが、町で力を持っている老仙会の意に添わぬ発言や行動も立場的に難しい。

せめて、その正体だけでも知っておきたいと彼は、一人の若い漁師に「天蛹」の外見を知る限り細やかに伝え、そのようなものをもし、海で見かけることがあったら、是非とも持ち帰ってほしいと頼んだ。漁師は父親が脳梗塞になった時、世話になった久仁三に感恩の気持ちを表し、これを謹んで承った。そして、漁師は網主に許しをもらって夜漁までして「天蛹」を見つけ、久仁三に引き渡したのである。

さっそく解剖しようとなるが、外皮が生木のように硬く、簡単な刃物では開けず、鋸を使用した。外皮は幾層にもなっており、中には桑茶色のどろりとした液体が入っていた。成分の多くが水分とタンパク質。そしてミネラルと脂質。蛹と呼ばれる通り、なんらかの生き物の変態の過程であることは確かだった。しかし、運ばれてきたものは全長約百五十センチ。このような大きさの蛹になる生物など聞いたこともない。しかも、蛹の形状から、「天蛹」はヒト、あるいはヒトに限りなく近いものに羽化すると考えられた。

羽のなき生き物に「羽化」の語を使う場合があるのか私は知らないが、中国の信仰には、人間に翼が生え、空を飛ぶ仙人となって天へ昇ることも「羽化」と呼び、「羽化登仙」という言葉もある。天から降りたるものが天へ帰るというのだろうか。

大福山　老仙会顧問　白柄源太郎(しろつかげんたろう)翁

驚くことに、先刻、博物館で出会った人物である。

自身を地球の環境視察に来たウンモ星人であると名乗る白柄氏はコンタクティーであり、王町周辺に影響を持つ地球外生命と意志疎通ができていた（と本人が言っている）唯一の人物である。氏の談によると、大福山のある場所は昔から王町の人々と地球外生物との交流の場であり、その関係は数百年に及ぶとしている。未知なるエネルギーが放出されている場所であり、そのためか超常現象や神隠しなどが多く、私が無意識に訪れたのもそういう理由からなのだという。『未知との遭遇』に出てきたデビルスタワーのようなものか。他は、複数のエイリアンと接触し、対話をしたという大変興味深い話をお持ちであったが、差し当たってここに記する内容ではないので割愛する。

鹿島大学附属病院　脳神経外科医師・宇代久仁彦氏と老仙会名誉会長　第二十一衆議

「——あれから、いろいろ考えましたが、やはり私はご協力できません。父があなたがた老仙会に協力していたのは、あなたがたの言葉を信用し、こちらと彼らとに平等な関係性があると思ったからです。だが実際はどうですか。こちらの提示した約束を、彼らは守ってくれていないではないですか」

「おちついてください、先生。そりゃ、あちらさんだって、ずるい者もいれば、嘘つきもいます。それは私たち人間と同じですよね？　だから、そこを言っちゃあいけませんよ。それに、おおむね契約通りにはしてもらっていますし、見返りも充分いただいています。あなたの御父上が信頼してくださったことは一つも間違っていませんよ」

「僕は信用と言ったんです。信頼ではない。そこを履き違えないでください。あなたがたのいう契約通りとは、あのシステムのことですか？　あんなもの約束云々（うんぬん）ではなく、あちらのシステムが正常に働いているというだけでしょう。あんなものに意志などないじゃないですか。まあ、正常に動いているという点でいえば、確かに約束は守っているかもしれません。なら、老仙会のあなたがたが作ったルールがおかしい。本人ないし親族の意志で彼らに遺体を提供できる——って、大雑把すぎませんか。親族といっても、遠い近いがあるでしょう。他人よりも他人な親族だっています。そんな人に、勝手に自分の親や女房の遺体を彼らに提供なんかされたら――」

「おや、ご結婚されていたんですね。これは存じ上げませんで」

「していません。僕が言いたいのは、まだこの町のシステムに納得していない住人もいるし、そんなものがあること自体知らない人もいる。知らない人たちは、いきなり家族の遺体を盗まれて困惑しているじゃありませんか。この前も新聞記事になっていましたよ。もう、やめませんか？　こんな、得体のしれないものと協定なんて結んではいけませんよ」

「先生、あなたも医学の徒なら、この町がどれだけ重要な――」

「怖いんですよ。私は、毎日、怖いんです。何を考えているかもわからないものに、毎日、じっと見おろされているかと思うと――眠れないんです。何も知らない人たちが、可哀そうでもあり、苛立たしくもあり……街の真ん中で叫んで教えてあげたくなります。私たちのやっていることは、普通じゃない……あなた方にこれをいうのも酷ですが、人は死ぬときは死ぬべきです」

「先生は偉大な方のご子息です。ですから、わかってくれているものかと」

「なにがです」

「私たちも怖いんですよ、先生。あれが神や仏などではないと、とっくにわかっています。どこからかやってきて、この町の空に勝手に住み着いた、得体のしれない何かですよ。ですが、向こうは、良かれと思ってやっているのかもしれない。それを無下に断って、機嫌を損ねた彼らが町に何をしてくるか……ですから、享受し、共生関係がうまくできている、そういうことにしたいんです。この町のためにも」

鹿島大学附属病院　脳神経外科医師・宇代久仁彦氏と老仙会名誉会長　第二十二衆議

「——宇代先生、報告を忘れていることがありませんか」

「なんのことでしょう」

「はぁ……。勘弁してください。お忘れではありませんよね。不測の事態が起き、『二人』になってしまった場合、どちらかを彼らに返却すると」

「なにをおっしゃるんですか、本気ですか？　もう、あの子は生を得てしまったんですよ」

「先生、同じ人間が同時に存在してしまったら、何が起きますか。町の中だけで済めばいいですよ。ですが、放っておけば社会に出てしまうんです。どんな制度も個人のものは個人のもの、それを二人で共有はできない。社会制度に反してしまえば、あらゆるルールが——」

「生まれてしまったものに罪はないでしょう。不測の事態とやらも、我々の都合上の話であって、そもそもはこんなことを始めた上にいる何様かの責任でしょう」

「先生、どちらも生かす、ではだめなんです。それこそ、この世の道理が狂ってしまう」

「狂ってますよ、とっくに。充分、狂ってます。狂っていないというのですか、今、この町が、私たちが。いいですか、ご老人方、これは、命の問題です。至ってシンプルです。でも、誤って『二人』になったから、一人減らせばいい――そこはシンプルに考えないでください。納得はしたくないですが、言いたいことはわかりますよ。同じ人間が二人は同時に居てはいけない。昔から、このような事態になれば、静かに処理され、怪談話のなかで語られて終わりにされてきました。そうするしかなかった。わかりますよ。ですが、長老、あなたは先ほど、『どちらかを返却』といいました。どちらか？　どっちでもいいと？　オリジナルとコピー、数を合わせるためならどちらを処分してもいいと？　ああ、すみません、あなた方が使わないようにしていた言葉を、つい口にしてしまいました。でも、そういうことでしょう。返却とは、処分ですよね。あなた方は、長く生きすぎたから、命の尊さを忘れてしまったんだ」

「先生はもう、行動してしまったのでしょう。『二人目』を東京かどこかの医者に託したと」

「ええ。だって複雑でしょう、この状況。『二人目』のほうが先に、この世に返ってきてしまったがために、『一人目』はすべてを失ったんです。『二人目（コピー）』が『一人目（オリジナル）』の家、家族、名前、思い出、そして未来を――奪うということが起きてしまった。昔から恐れられている、人に成り代わって、その何もかもを奪いとる化け物になってしまったんですよ。しかも、本人はそのことを知らない。このシステムのいいところか、怖いところか、都合の悪いことは記憶から消してくれる。でもね、完全には無理ですよ。自分の人生に空白部分があると気づけば、その空白部分に自分はなにを体験したのか、私なら知りたいです。その空白と、過去の記憶の齟齬を、いつかは知る時が来る。知った時、彼はどんな気持ちに――」

「そうなる事態もあると、すべてわかったうえで、ご協力いただいていたわけではないのですか」

「わかってましたよ。でもね、私は臆病なんで、いざその時がきたら……返却などできなかった。ただ、私が正しいとも言いません。私のした選択では必ず、不幸になるものが出てくる。名前も、家族も、あらゆる人が与えられた権利も、すべてを失った『お化け』が生まれてしまうんです。私は、そんな子は作りたくなかった……」

「先生、今日はもうお帰りになったほうがいいのでは」

「――そうさせていただきます。老仙会……実にふざけた名だ。本当に霞だけ食っているなら問題ではないのに。あなた方は……」

※

前掲の二篇（へん）は先日送られてきた辰巳信三の調査資料の中にあった音声ファイルを素起こししたものだ。私の初代担当医・宇代久仁彦氏と老仙会との衆議の議事録として録音されたもので、彼がどんなルートでこれを入手したのかは不明。聞いた当初は意味がわからない部分も多かった。このタイミングで挿入するのが最適であると考え、載録した。

老仙会　副会長／王町自治会長・菅野正臣（すがのまさおみ）氏　インタビュアー　桐島霧（きりしまきり）

――そろそろ、「ひとだまさまの祟りとは何か」をお聞かせください。

ようこそ、そして、お帰りなさい、王町へ。あなたのことは存じておりましたよ。なにせ、狭い田舎町です。すぐにまわりますよ。

こちらにいらしたのは、「ひとだまさま」の正体を知りたいというだけでなく、あなたの中にあるものをとりのぞきたいということですよね。なにか、勘違いしてらっしゃるようですね。それが悪性腫瘍だと、どなたかに言われましたか？

――これまで担当してもらった医師たちに。

それは無知による誤診ですね。といっても、宇代先生のほうは無知を装っていたのでしょうが。真実から目を背け、頑として全否定という立場をとったのでしょうな。

いいですか、それは悪性腫瘍などではなくあなたが特別だという《印》なのですよ。

——私にもわかるようにお願いします。

そうですね。なら、作家先生が好みそうな喩えを探してみますか。

——おお、いい喩えがありましたよ。あなたはクローン人間です。しかも現段階で人類が生み出せるようなものとまるで違う、それはそれは特別なクローンなのです。

——わたしが……クローン……。

あなたが「祟り」と恐れる頭の中のものは、あなたがそうであるという証なのです。こちらから質問、よろしいですか。あなたは童貞ですか？　セックスにご興味は？

——は？

あなたはセックスへの欲求がないはずです。したくないのではなく、する必要がないのです。なぜかわかりますか？あなたの身体はそんな行為をせずとも、誰を介せずとも、自ずから命を産みだせるのです。頭の中にあるのは次世代のあなたを宿した卵巣——いや、やはり《蛹》のほうがしっくりきますかね。

――あなたはさっきから、なにをいってるんですか。

なにって、あなたの疑問に対して答えてるんじゃないですか。祟りも、ひとだまさまも、存在しないって話です。どれもみんな、何も知らない人たちの馬鹿げた迷妄ですよ。

半年の余命宣告を受けたとおっしゃいましたね？　むしろ逆です。

あなたは半年後、再び、この世に誕生するのです。そして、その後もあなたは古くなった自分を更新し、何度でも誕生する。

ですから、心配いりません。いくら大きくなっても、それがあなたを殺すことはない。そりゃあ、痛くて苦しい時もありましょうが、生みの苦しみというでしょう？

よかったじゃないですか。あなたは誰かを生かすために消費されるわけではなく、自身を生かし続けるだけでいい。平穏な人生じゃあないですか。

――私は、このなかではあなたが一番嫌いです。

これは手厳しい。嫌われついでに、ひとつ警告を。

私たちはもう、あなたを彼(か)のものに返却(かえ)そうとは思っていません。もういらないでしょう。薄汚れた粘土を、新しい粘土に混ぜたくないでしょうしね。でも、気を抜かないでくださいね。

平穏な人生といいましたが、それは、あなたの原型（オリジナル）が、最後まであなたの目の前に現れなければの話です。

この世のどこかに、あなたに人生を奪われた『一人目』がいるんです。

奪われた人生を取り戻そうと、いつ、あなたの前に現れるやもしれない。

あなたもいい歳（とし）だ。これまで多くの苦悩や絶望を経験してきたことでしょう。でもあなたに奪われた人は、その何百、何千倍もの苦しみや生きづらさを味わってきたんです。

家族もなく、名前もなく、人知れず社会から存在を消されてしまったんですから。

憎んだでしょう。恨んだでしょう。奪われたものを取り返したいと考えたでしょう。

名無しの復讐者（ふくしゅうしゃ）は、何十年も前からあなたを捜しているはずです。

もう、あなたを見つけているかもしれない。すぐそばにいるかもしれない。

どうです。心当たりはありませんか。

其の十三　ボギー

桐島霧先生

ごぶさたしております。
これまでの先生のご考察、すべて熟読させていただきました。
濃密で、時には枯淡とし、たいへん読みごたえがございました。
先生はご自身の《謎》の源流に辿り着いたのですね。おめでとうございます。
そして、お疲れ様でございました。
――といいたいところなのですが。
水を差すような話になりますが、よろしいでしょうか。
先生が知りたかったことは、これがすべてですか？
まだですよね。知りたいことがまだおありですよね。
顔も名前も年齢も一切不明、人物像について様々な憶測がネット上で飛び交い、もはやその存在が都市伝説と化している某オカルトサイトの管理者。

そうです。

わたしです。

先生はわたしのことを、まだなにも知らないのではありませんか。

そのような胡乱な相手と、ここまでやり取りしてくださるなんて。

ただ『ボギールーム』の管理者というだけで、なんの疑いもなく。


ある少年の話をいたします。

少年は、とてもUFOが好きでした。ある晩、小窓のなかの景色の奥に、空飛ぶ光が山に墜ちる瞬間を目撃します。これは一大事、我が町で第二のロズウェル事件が起きたかもしれません。期待と興奮を胸に、墜落地点の山へ向かった少年は、とてもとても、不思議な光景を目にします。空にむかって交信するブラックメンたち。光に包まれたフライング・ヒューマノイド。そして、山頂に現れた未確認飛行物体。

空に口が開き、少年はどんどん口に吸い上げられていきます。どんどん、どんどん。上に、上に。あっ、これはアブダクションだ。少年はわくわくします。

宇宙船に乗れるのかな。異星へ連れていかれるのかな。まさか、解剖実験に？

そこで、意識を失ってしまいます。

気付くと、少年は遠い、遠い、惑星におりました。

灰色の大気、荒涼たる紫色の砂漠。砂をかき分けて大きな甲虫が歩いています。

その星では肉体もいらず、言葉もいらず、精神だけで存在できました。

肉体が無ければ飢えも乾きも怪我もない。とても快適な異星の旅でした。

目覚めた少年は落胆しました。そこは元いた星だったからです。

山にはもうブラックメンもUFOも、フライング・ヒューマノイドもいません。

そこには暗澹と夜にうずくまる山があるだけです。なあんだ、全部夢だったのか。

また、つまらない、刺激のない、平凡な日常が始まるのか。煩いおばあちゃんに小言交じりの変なお化け話を毎日のように聞かされる、あの日々が。

あーあ、帰りたくないなぁ――。

この時、少年は知らなかったのです。彼が砂漠の惑星を旅しているあいだに二週間ほどの時が経っていたことを。そして、煩い祖母は永遠に沈黙していたことを――。

少年は自分の家へ向かって、川沿いの道を歩いていきました。

お腹が空いて、喉も乾いて、身体も臭くて、お風呂に入りたくてたまりません。

向こうから誰かがやって来ます。お父さんが迎えに来たのかな。

でもそれは、少年と同い年くらいの背格好の影でした。

男の子だ。こんな時間に誰でしょう。

五メートルほどの距離に迫って、ようやくその顔が見えたのです。

それは、わたし（じぶん）でした。

立ち止まりました。向こうも足を止めました。

わたしは知っていました。こういう現象を。

世界の謎を集めた本に載っていた、「ドッペルゲンガー現象」。

生き映し。分身。もう一人の自分に遭えば死んでしまうという怪異です。

びっくりして、怖くて、その場から走って逃げました。

そうです。この時です。

この時、『二人』の運命がわかれてしまったのです。

光と闇に。

わたしはわたしに背を向け、家とは反対方面に走って逃げてしまいました。

空腹と乾きと疲労でふらふらのわたしは、だんだん走れなくなって、立ち止まって、座り込んで、そして、ついに倒れてしまいます。

気がついたら、誰かの家のベッドの上に寝かされていました。

甘く酸味のある、いい匂いがします。奥にキッチンがあって、大人の男の人がこちらに背を向けて料理をしています。匂いでわかります。ミートスパゲティです。湯気立つお皿を乗せたおぼんを持つと男の人はこちらを向いて、大丈夫かいと笑いかけてきました。

とてもお腹が空いていたわたしは、スパゲティをペロリとたいらげました。大人の男の人は自分のスパゲティのお皿をスッとわたしに寄せました。そこでわたしは泣いてしまいました。泣きながら食べたので、顔は涙と洟水(はなみず)とミートソースまみれでした。

その人はお医者さんでした。

わたしの予想は外れました。この人は作家ではないかと思ったのです。というのも、この家は図書室みたいで、どこを見ても壁紙のように本の背表紙が並んでいたからです。不思議なことが好きなのか、どれも超常現象をテーマにした本でした。

この人なら、わたしの話を信じてくれるかもしれない。でも、夢かもしれない宇宙旅行のことは話さず、ドッペルゲンガーのことだけを話しました。

とても真剣に聞いてくれました。なんだか、わたしよりも悩んだ顔をしていました。

「それは恐かっただろうね。ドッペルゲンガーは僕もたまに見るんだよ。でもね、それは見ても死んじゃったりなんかしないから、安心していいよ。そうそう、僕は――」

宇代久仁彦(うだいくにひこ)と名前を教えてくれました。でも、おじさんでいいよ、と。

わたしも名乗ろうとしたけれど、なぜか、喉が詰まったように声が出なくて、下を向いてしまいました。わからなくなっていたんです。わたしは、わたしなのか。名乗ってもいいのか。だって、わたしは他にいたから。

おじさんは、落ち着いたら家まで送り届けてくれると言いました。

すると、おじさんは仕事の呼び出しがあって、すぐに出ていってしまいます。

――たぶん、川沿いの道で、男の子が倒れでもしていたんじゃないでしょうか。

なかなかおじさんは帰ってきません。このまま、お邪魔していてもいいのかな。

帰ったほうがいいのかな。でももし今、家に帰って、わたしがいたら――。

どんどん怖くなっていきます。

おじさんは次の日の朝に帰ってきました。

「おうちに帰ろうか」といわれましたが、わたしはまだ眠いふりをしてベッドから出ませんでした。おじさんがまた仕事へ行ってしまうと、ベッドから出ました。

テーブルを見ると総菜パンが二個と、書き置きと家の鍵が置いてありました。

『すきなだけいていいよ。帰りたくなったら帰りなさい。カギはドアポストに』

焼きそばパンを頬張りながら、まだ帰らなくていいよねと独り言を呟(つぶや)きます。

本棚から本を一冊とりました。

『海の奇談』という本です。絵は全然なくて、漢字が多くて振り仮名もふっていなかったのですが、読み始めたら止まりません。「生首を釣った男」「海坊主と怪光」、わたしのなかに、今まで聞いたこともないような不思議な物語が染み入っていきます。

気がついたら三冊目に入っていて、窓の外も暗くなっていました。

夜になって帰ってきたおじさんは、わたしがまだ家にいたことに驚いていましたが、怒ったりはせず、わたしが読んでいた本を見て、面白いかいって聞いてきたんです。

ここにある本、ぜんぶ読みたい。

そう言ったら、スペアの鍵をくれて、いつでも勝手に読みに来ていいよと言ってくれたのです。今日も泊まっていっていいけど、親には電話をかけておかないと心配するよと言われて、おじさんが電話を掛けてくれるというので、紙に名前と電話番号を書いたのです。

「これが君の名前かい」と、わたしの顔をじぃっと見つめ、兄弟がいるのかとも聞かれました。一人っ子だと答えると、おじさんは黙って考え込んでしまいました。

その日は電話を掛けませんでした。

次の日の朝、起きたら、もうおじさんは仕事へ行っていて、いませんでした。

いつまでもいたら迷惑をかけるから今日はちゃんと帰ろう。でも本をちょっと読んでから帰ろうかなと読み始めたら、また止まりません。三冊目を読み終えたくらいにおじさんが帰ってきました。いつもより早い時間なので仕事が早く終わったのと聞いたら、ぎゅっとわたしのことを抱きしめて、まだ、ここにいてもいいからと言うのです。

何かがあったことはわかりました。だってそういう表情だったのです。

「何かあったの?」と聞いたのですが、なかなか教えてくれなくて、それから三日後にやっと話してくれました。おじさんは、はっきりと、重たい言葉で、わたしにこう伝えました。

君が、もう一人いる。

君の名前は、もう使えない。

君の帰る家も、なくなってしまった。

「――いや、君の家は今日からここだ。ここでなら自由に過ごしていい。本を読んでも、昼寝をしても、おやつを食べても。でも、外へは出ないでくれ。理由は……わかるよね」

わかっていました。この町に同じ人間が二人いると、大パニックになるからです。

そこにおられますか、先生。

先生に初めてメールを送った時、わたしはこうは書きませんでした。

「はじめまして」

だって、わたしと先生は、過去に一度お会いしているのですから。

先生、もうおわかりですよね。

わたしが、あの晩に出会った〝わたし〟。それは先生、あなただったのです。

先生、どうですか。

わたしの人生は。

さぞかし、わたしらしく生きてらっしゃるんでしょうね。

いいな、先生は。生きていて。

《お化け》は、生きている人が羨ましい。

※

彼だったのだ。わたしを祟（たた）っていたのは。

なぜ気付かなかったのか。彼の名にあるではないか。人を祟る「神」の文字が。

神目（かみめ）が私を《怪異考察士》なんてものにしたのは、私に《謎》を追求させることで、私が自ら、自分の悍（おぞ）ましい正体に辿り着くようにと計ったのだ。

なるほど。人から突きつけられる絶望より、自分で辿り着く絶望のほうが深くなる。

神目は『一人目（オリジナル）』、私は『二人目（コピー）』。

私たちはこの狂った町の生命循環系統から産まれた被害者だ。

だが、神目にとってもっとも憎むべきは、町ではなく、すべてを奪った私なのだ。

彼は私の《かげ》となって生きてきた。

《かげ》はずっとそばにいるが、表の世界に出てくることは決してない存在。

その神目（かげ）は今、私に復讐（ふくしゅう）をしようと表の世界に顕現（あらわ）れようとしている。

テーブルの上のステーキナイフを摑（つか）む。念のため、食堂から拝借しておいたものだ。

ナイフを持つ手が震える。この刃先を向けるのは二択。

私は私を守るべきなのか。

それとも、私の奪ったものを彼に返すべきなのか。

※

わたしは、存在するのに姿のない《お化け》として、裏の世界で生きてきました。外出できるのは夜だけ。それも必ず、おじさんの車で。車からも出られません。《お化け》なのに夜も人目を忍んで、おとなしくしていなければならないのです。

明るい時間はずっと閉め切った家のなかで過ごしました。

なにもすることのないわたしは、日がな一日、本を読んでいました。

やがて、おじさんはお医者さんをやめて、喫茶店をはじめました。

その頃から心配なことがありました。忙しい仕事を辞めたのに、おじさんの表情が日に日に疲れていくのです。それだけでなく、つねになにかに怯えているようでした。

ある晩、とても真剣な顔で、こんなことをわたしに言いました。

「おじさんは、もしかしたら、この町の神さまを怒らせてしまったかもしれない。そのせいで、いろんな人に迷惑をかけてしまうかもしれないんだ。だから、遠いところへ逃げようと思っている。でも、ごめんよ、君をそこへはつれていけない」

わかっていました。《お化け》は名前もなにもないので、飛行機に乗れません。

もちろん、わたしの名前なんだから、わたしに使う権利はあるはずです。でも、しばらく使っていなかったからでしょう、もうわたしのものではない気がしていたのです。

わたしは、おじさんの友人が営む、宿の一室に住まわせてもらうことになりました。

おじさんは自分の本をわたしに全部くれました。

わたしはそれから毎日、本を読みました。一日五冊がノルマです。

そしてネットを引いて、独学で《お化け(わたし)》の部屋をつくりました。

『ボギールーム』

そう名付けました。

開設当初は何もないウェブサイトでしたが、自分だけの部屋ができたことがとても嬉(うれ)しく、毎日コツコツとコンテンツを増やしていきました。

わたしは歳を重ねるごとに、過去になって遠ざかろうとする《謎》に思いを馳(は)せました。

自分の身に起きたことはなんだったのか、あの晩に見たもう一人の自分は誰だったのか、おじさんは何に怯えていたのか、知りたい気持ちが育っていきました。

でも《謎》に近づきたくとも、わたしは外へは出られぬ身。

ならば《謎》のほうから来てもらえばいい。

まずはサイトを大きくすることから始めました。なにせ一日中やることがないので、ずっとテキストを書いていられるのですから。

あっという間に、データベースの項目数が三千を越えました。おじさんが作ってくれた口座には、気がついたらぼちぼちの金額が貯まっていました。そのお金のほとんどを宿の女将さんに渡し、残りはデータベースを作るために必要な資料に使いました。

世界中から怪異の投稿がくるようになると、わたしが体験したような「入れ替わり」の怪異の情報もどんどん入ってきました。それは取り替え子（チェンジリング）といわれて妖精のせいにされたり、鏡の中の悪魔の悪戯とされていたり——自分から自分という存在を奪われる恐怖って、世界共通なんだなと実感しました。

サイトの知名度が上がってアクセス数が増えだすと、不思議な気持ちになりました。

こんなわたし（わたし）の作った『ボギールーム』を、たくさんの人たちが知ってくれている。匿名掲示板で管理者の噂（うわさ）も見ました。ものすごい美人だとか、有名な作家だとか、研究者だとか、顔も名前もなんにもない無貌（のっぺらぼう）なわたしが、ネットのなかでは無数の顔を持つ、変幻自在な《お化け》になっていたんです。欲が出て別の顔が欲しくなったわたしは、小説投稿サイトで小説を書きはじめます。おじさんの本棚を丸ごと引き継いだわたしは、専門的な医学の知識が頭に入っていたので、医療ミステリーに挑戦してみました。

その作品が運よく編集者の目にとまり、とんとん拍子にデビューが決まって、本格的に作家をやることになります。もちろん覆面作家です。契約書の署名はおじさんの名前を借りました。

ペンネームは眠無(ネム)。名前の由来はくだらなくてお恥ずかしいのですが、

「名無し(ネームレス)――ネムレス――眠無(ねむレス)」

そうそう、これは偶然なんですよ。尊敬する桐島霧先生がまさか、もう一人のわたしだなんて、思ってもみませんよ。ネットの記事で先生のお姿は拝見していますが、身長が高い方だなという印象ぐらいで、まったく気付きませんでした。文体の癖なんかは、わたしと似ているなって思っていましたけどね。

そんな先生から「百鬼考証(ひゃっきこうしょう)」に投稿をいただいた時は、飛び上がるほど嬉しかったなぁ。『さーくる』の記事から始まる先生の《謎(エピソード)》を読んだ時なんて鳥肌が立ちましたよ。わたしはこの話を知っている。わたしはこの話の中心人物なんだって。

だから、先生と接触を図ったのです。

先生とお近づきになれて、心の底から嬉しかった。

先生、ちゃんとこれを読んでくれていますか？

そこにいるんですか、先生。

※

神目が近づいている。着実に。

彼の紡ぐ言葉から、迫りくる足音が聞こえてくる。

プレッシャーを与えているつもりなのか。ならその効果は覿面だ。私は今、神目と会うのをとても恐れている。私が何十年と腑抜けた日々を送っている間、彼はいったいどれだけ、自分の人生を根こそぎ奪っていった存在を恨み、憎んだことだろうか。

——彼はすぐそばにいた。選択肢はそれほど多くはなかったのだ。ベネズエラに行く宇代氏が、神目をどこかへ預けるのなら——ここしか考えられないではないか。

『郷の宿　ニューこしき』——この宿に彼のことを預けたのだ。毎年、コーヒー豆を送る時、神目への手紙などもそこに忍ばせていたかもしれない。やがて老境に入り、老い先短い自分がしてやれることはないかと考えた宇代氏は、神目に自分を取り戻させてあげたいと思い至った。そしてベネズエラを離れ、今、この町に帰ってきているのだ。

『どっちかを救うには、僕はどっちかに鬼にならなくてはならない』

宇代氏は鬼になったのか。神目のために。

私は今夜、《鬼》と《お化け》に会うのか。

私という存在は、この世から消されてしまうのか。

吐き気がこみ上げ、洗面所に飛びこんだ。洗面台に顔を突っ込むようにして吐く。

顔を上げると、鏡から私が見つめてくる。この私は本物の私なのか。

鏡に映る私の額が、ぼこぼこと脹らんでいく。脹らみは前髪を掻きわけ、両目を左右に押しやり、中央に赤い縦筋を入れて、そこから裂ける。その裂傷からビー玉のような血泡が次々と湧き生まれ、赤く濡れた八匹の芋虫が顔を出す。芋虫は私から這い出ようと、内から傷をまさぐりながら私の額を開いていく。その芋虫は人間の指であった。

めりめりと私を裂いて出てきたのは、体液にまみれたわたしの顔面だった。べったりと張りついた髪、閉じた瞼、赤いゼリーの膜に覆われたヒトの煮凝りの如きそれは、身をよじりながら、ビニールのようにくたくたな私の抜け殻から抜け出ようと必死だ。

叫びをあげながら、私は洗面所から飛び出す。

風のにおいがする。閉めたはずの窓に掛かるカーテンが揺れている。

カーテンが風を孕んで大きく膨らんだ、その一瞬、窓の向こうから部屋を覗き込んでいる顔が見えた。それは嗤っていた。私の頭のなかの「ひとだまさま」のように、白く無貌なくせに、そいつは私を見て、ニンマリと嗤ったのだ。

震える手で、握ったナイフの切っ先を窓に向け、ドアまで後退る。部屋を出ようとノブに手を伸ばすが、今度はドアのほうにナイフを向け、後退る。ドアのサムターンが、ゆっくりとまわっているのだ。

ガチッと開錠する音が部屋に響く。

静かにドアが開き、細い隙間からヌッと赤黒い顔が入りこんできた。

白髪を振り乱し、深い皺(しわ)が寄り集まって作られた鬼の相――。

――わかっている。これはすべて幻だ。

私は椅子に座って、ナイフの刃に映る震える双眸(そうぼう)と見つめ合う。

※

わたしの名前。わたしの家族。わたしの家。わたしの大好きな本。わたしがやっと買ってもらった玩具(おもちゃ)。そのすべてを奪っていったもう一人のわたしが、先生だなんて。

わたしは、わたしとして生きたかった。

なのに、わたしから、わたしをひき剝(は)がされた。

でもね、先生。

わたしはあなたをもう恨んでいない。

あなたに罪はない。

だって、あなたはただ、あなたとして生きてきただけですから。

わたしたちは、誰かの都合で生まれてしまった、『子供部屋のボギー』。

もうわたしは、お化けであることを受け入れています。

ネットの世界は、顔のないお化けばかり。わたしもその百鬼夜行の中の一匹です。そんなわたしが今さら、わたしを取り戻したところで、きっと持て余してしまう。

先生、どうぞご安心を。わたしはもう、その宿にはいません。

今さら、あなたをどうこうしようという気持ちもない。

あなたは熱心に怪異を考察してくれた。あなたとわたしの《謎》を。それで十分。

それにこのまま、「お化け」でいるほうが楽だということもわかりましたから。

おじさんも昨年、本当のお化けになってしまいましたしね。最期の時は満足そうでしたよ。生まれてきた自分の体のままで死ねるのが一番幸せだって。

そういうわけですので、もう名前も、自分であるという証も要りません。

今は「ボギールーム」がわたしの家であり、わたしそのものですから。

先生、どうかまた、筆をおとりください。

先生には書けます。桐島霧はあらゆる角度からのホラーを追求、挑戦し、これまで読んだことのない斬新な恐怖の表現を次々と生み出される稀有な作家なのです。

いかがでしょう。まずは、このたびの体験を題材に書かれてみては。

先生のご活躍、かげながら応援させていただきます。

※

鳴動。轟音(ごうおん)。発光。

テーブルの上の水の入ったコップがビリビリとふるえている。

窓の形に切り取られた濃紺の空を光球の一団が飛んでいく。その光景をぼんやり見つめながら椅子にもたれている私の手から、ナイフがころんと床に落ちる。

手首に引かれた複数の赤い筋に視線を落とす。神目から奪ったものをすべて返そうと、何度かナイフで軽く切ってみたのだが、血が出て、痛かった。当たり前だと思うだろうが、私は普通の人間ではない。それでも、普通の人間と同じように痛いし、赤い血も出るし、死ぬのも怖かったのだ。だからといって、老仙会の老人たちのようにはなりたくない。

彼らの口からたびたび、システムという言葉を聞いた。彼らの健康は、未知なる存在が作り出した複数の悍ましいシステムによって管理・維持され、多くの町の人たちもそのシステムに組み込まれている。その裏には、人間には到底理解できぬ目的があるかもしれない。それに気づいた時はもう手遅れで、このシステムを自ら放棄することはできなくなっているのだ。

黒羽氏は本に書いてくださいといっていたが、それは本心だったのかもしれない。この町の狂気的なシステムが他の地域でも生まれている可能性を懸念し、世界へ向けて警告したかったのかもしれない。あるいはそれとはまったく正反対の意図・目論みがあったか——どちらも憶測だ。

電源を落としたノートパソコンの黒い画面に目を向ける。

書け、ということか。

まあ、ネタには当分困らない。この町にいる限り。

なにせこの町は死体が盗まれ、謎の飛行物体が飛び交い、空から怪しい薬が降ってきて、それを降らしているであろう何様かが空の彼方(かなた)にいる。会ったことはないが、ろくろ首や河童(かっぱ)だってきっといるに違いない。これで書くネタがないなんて言ったらバチが——いや、祟られる。

ノートパソコンの画面の中に先ほどと同じ光球の一団が現れる。窓外の空が映りこんでいるのだ。窓から身を乗り出すとブーメランの形に編隊を組んだ光が東の空に吸いこまれていった。黒い空に雷光の亀裂が走る。大気が猛獣のように唸(うな)る。血の混じった生卵のような月が町を鳥瞰(みおろ)している。

大福山(だいふくやま)の丸い影が大きく震え、青や紫や黄や緑や白やオレンジの光をその胎の中から鈍く外へと放射している。町の揺れの原因はこれか。あれはたぶん、もうすぐ飛ぶな。なにかを始める気らしいが、いっそ、全人類アブダクションとか派手なことをしてくれると最高のネタになるのだが。

そもそも、私がこれから書く話は、妖怪もの、心霊もの、SF、宇宙的恐怖（コズミックホラー）、どのジャンルになるのだろう。

そういうわけで、私はこの町に残る。実に奇妙な町だが、私ももう怪異側（むこう）の存在だ。奇妙な町から発信する、怪異が書く怪異小説で、再起を図るとしよう。

ああ。でも、あまり期待をされると困る。

きっと、魅力的な人物も登場しなければ、スリリングな展開も、予想を裏切る大どんでん返しも、手に汗握るクライマックスも、そして、御覧の通り、感動的なラストへあなたを導くこともない――。

了